쉿,
그녀가 죽은 건
비밀이야

쉿,
그녀가 죽은 건
비밀이야

펴낸날 2021년 10월 8일

지은이 K
펴낸이 주계수 | **편집책임** 이슬기 | **꾸민이** 김소은

펴낸곳 밥북 | **출판등록** 제 2014-000085 호
주소 서울시 마포구 양화로 59 화승리버스텔 303호
전화 02-6925-0370 | **팩스** 02-6925-0380
홈페이지 www.bobbook.co.kr | **이메일** bobbook@hanmail.net

ISBN 979-11-5858-819-9 (03810)

K 장편소설

쉿, 그녀가 죽은 건 비밀이야

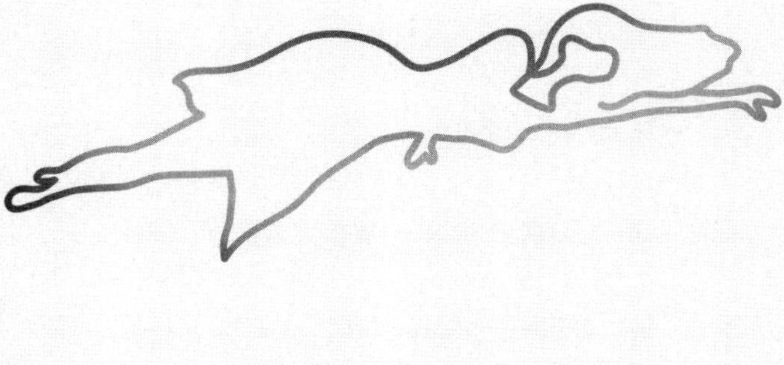

밥북

목차

쉿, 그녀가 죽은 건 비밀이야

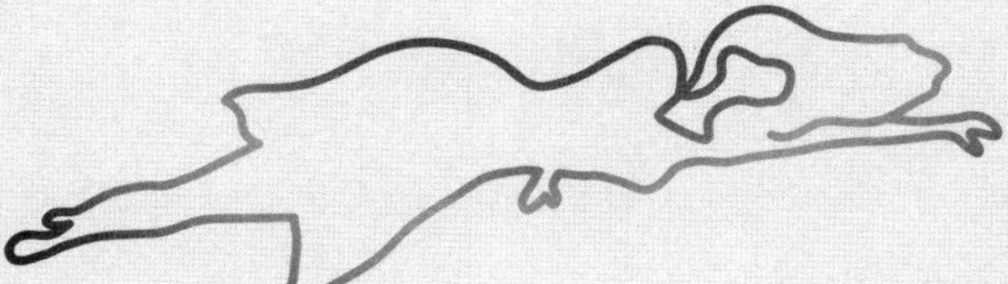

1
살아남은 자들이 모여

이렇게 말하면 누군가에게 실례가 될 수도 있지만,

나는 장례식이 축제와도 같다는 생각을 한다.

들어서는 입구에서부터 꽃이 가득하고, 사람들이 많이 모여 함께 음식을 나누어 먹는 것을 볼 때면…. 왠지 모를 이상한 기운이 한데 뭉쳐 흥분을 자아내기 때문이다.

그래, 흥분.

그 흥분 속에서 뿜어져 나오는 야릇한 열기가 매캐한 향 내음, 깊은 슬픔과 함께 공기 속을 둥둥 떠다니며 사람들을 휘감고 있다.

떠난 자를 좋은 곳으로 보내려 하는, 남은 자들의 축제.

어쩌면, 그래, 나는 살았구나, 라는 안도감이 깊은 내면으로 스멀스멀 기어들어가 자리를 잡고 겉으로는 전혀 내색하지 않고 술을 마시는,

살·아·남·은· 자들의 축제.

대부분의 사람들은 친분이 두터운 사람의 장례식이 아니라면, 식장에 다녀와서 곯아떨어진다. 그리고 그 다음 날은, 내가 어제 뭘 했지? 라는 생각에 머리를 긁적이며 텔레비전 앞에 앉아 다시 깔깔거리며 웃는다.

그런데 오늘은 아니다.

그녀의 장례식장은, 즉 내 헤어진 여자 친구이자, 이 세상 사람이 아닌 그 애의 장례식장은, 그저 그곳에 서 있는 것도 버거울 만큼 힘겹다.

사람들의 슬픔이 너무나 커 공기마저도 무겁게 느껴졌고, 숨이 턱 턱 막힐 듯이 더웠다. 보이지 않는 시커먼 연기가 모두를 옭아매고 있는 듯했다.

나 역시도 메고 온 타이가 숨통을 조르는 듯하다.

사람도 이런 소리를 낼 수 있을까, 라는 생각이 드는 그녀 어머니의 울음소리. 그것은 흡사 짐승의 그것과도 같았다. 그 소리는 평생 지워지지 않을 각인과도 같이 남을 것이라는 생각이 들었다.

여기는… 지옥일까?

하얀 국화꽃에 둘러싸인 그 애 사진을 보고 있으니, 그것도 언젠가 우리가 함께 놀러 갔던 바다에서 내가 찍어 주었던 바로 그 사진을 보고 있자니, 눈자위가 뻑뻑해진다.

저렇게 이가 활짝 보이면서 웃는 건 싫다고 했는데….

여기저기 모여 앉아 눈물을 흘리며 그 애에 관한 추억을 이야기하는 것을 들으며, 혹은 그 애가 어떻게 죽어갔는지에 대해 소곤거리는 소리를 들으니… 하… 숨죽여 흐느끼는 소리, 오열이 가득한 이곳.

한 줄기 연기가 안개처럼 피어오르는 향을 보며 내일이면 타들어 갈 유진이를 생각하자니 속이 메스껍다.

그래, 나는 저 향이 싫고, 향 내음이 싫다.

사람의 혼을 쏙 빼놓을 것 같은 저 향기가 더 깊은 슬픔에 빠져들도록, 더 쓰라린 아픔을 느끼도록 사람에게 마법을 걸고 있다.

슬퍼해라, 슬퍼해라…. 너희는 더 슬퍼해야 한다.

나는, 식장에 들어서자마자 다시 돌아 나가고 싶었다. 여기 있다가는 나까지도 저 향에 혼을 뺏겨 버릴 것 같단 생각이 들었기 때문이다. 아무 생각도 할 수 없었지만, 혹여 방심한 순간 나 역시 그 애에 관한 추억들이 비집고 흘러나와 나를 만신창이로 만들어 버릴까 봐 나는 일부러 생각했다. 나는 슬프기 싫었다. 슬퍼지고 싶지 않았다.

마음 놓고 슬퍼할 수 있는 것도 자격이란 게 필요했는데 난 그 자격이 있는 사람에 속하지 않는다.

"죽었대… 유진이…."

"……."

"윤아? 그래서 우리는 갈 건데…."

텔레비전을 보다 전화를 받은 나는 감자칩 봉지 속에 손을 그대로 넣은 채 움직일 수 없었다.

엄마가 소파에 부스러기 흘리지 말라고 소리를 꽥하고 질렀을 때, 비로소 얼음 땡 놀이를 하다가 얼음에서 다시 움직일 수 있는 상태로 되듯이 나는 다시 감자칩을 꾸역꾸역 입에 밀어 넣을 수 있었다.

믿을 수 없는 일이 내 앞에 닥칠 때면 그 일과 나 사이에는 보이지 않는 벽이 생긴다.

가령 꿈이라든가 텔레비전에서 보는 드라마처럼 말이다. 나와 상관없는 일처럼 분리되는 것 같다. 그것은 아마도 현실감각을 없애 버려 조금이라도 나 자신을 보호하려는 얕은 속임수일 것이다.

과 동기, 선배들과 연락이 되어 함께 그 애의 집이 있는 춘천의 한 장례식장으로 갔다.

다들 옷매무시를 가다듬고 심호흡을 한 번 한 뒤 안으로 들어갔지만 난 밖에서 한참을 서성였다.

친구도 아니고, 그렇다고 여자 친구도 아니고, 헤어진 여자 친구라니.

우리가 마지막으로…. 마지막을 생각하다 고개를 젓는다.

이건 좀 이상하다. 슬프고 비통한 마음도 있었지만, 솔직히 말하자면 어색하고 불편한 것도 사실이었다.

놀라긴 했지만, 나는 모든 걸 내팽개치고 달려갈 만큼(드라마에 나오는 남자들처럼 말이다) 그 애의 죽음이 슬프지는 않았나 보다 지금 생각해보니.

그래, 우리는 좋은 추억을 간직한 채 안타까운 마음으로 헤어지지 않았다.

우리가 어떻게 헤어졌던가?

다들 유진이와의 아름다운 추억을 회상할 텐데 나는 그렇지 못하다.

나는 어떤 표정을 짓고 있어야 할까?

헤어진 남자친구의 슬픈 표정 정도는 지어야 사람들의 기대치를 만족시킬 수 있을 테지만 아마 나는 어색한 표정에 쭈뼛쭈뼛하며 행동할 것 같다.

유진이의 눈매를 하고 있는, 그러나 그보다 나이 많은 여인이 한쪽 구석에 쭈그려 앉아 소리 없이 울고 있다. 이제는 짐승의 울음소리마저 나오지 않을 만큼 지쳤나 보다. 그리고 두어 번 본 적 있는 남동생이 나를 보더니 깊은 이해의 눈길을 보낸다.

내 슬픔을 이해한다는 눈길.

우리는 같은 처지라는 아픔이 담겨 있는 그 눈빛.

나는 아닌데….

그 눈빛을 나는 외면한다.

눈물이 나지 않는다.

모두가 울고 있는 가운데, 민망하리만큼 눈물이 한 방울도 나지 않는다.

억지로 쥐어짜 우는 척이라도 해야 할 텐데 그게 잘되지 않는다.

나를 보는 사람들의 시선이 느껴진다. 무대에 올라섰지만 해야 할 연기를 잊어버린 연극배우가 이런 기분일까? 지난번에 본 슬픈 영화를 떠올려보지만, 영화를 볼 때도 눈물이 나지 않았는데 기억도 가물가물한 지금 눈물이 나겠는가?

젠장 집에 가고 싶다.

다들 한 테이블을 차지하고 앉아 갈 기미를 보이지 않는다. 나는 일어서야 할 타이밍만 재며 두리번거리고 있는데 저쪽 구석에 나도 몇 번 같이 만났던 유진이의 고등학교 친구들이 앉아 있다. 우리 쪽과는 분위기가 다르다. 난 얼른 고개를 돌리고 최대한 몸을 숙였다.

음식이 많기도 많다. 고사리가 삐죽 튀어나온 육개장에 떡에 과일까지…. 요즘은 그릇 씻는 일도 일이라 그런 지 일회용 용기에 죄다 담아 놓았다. 젓가락으로 뒤적거리다 그냥 내려놓았다.

먹을 맛도 나지 않는다.

"옥상에서 떨어졌다며?"

저쪽 유진이 친구들 테이블에서는 절대 나오지 않을 물음으로 그 애에 관한 말이 시작되었다.

갑갑해져 타이를 벗으려다 놔둔다.

자취하던 빌라의 옥상에서 그랬다고 한다.

베란다에 있던 세탁기에는 빨래가 돌아가고 있었고 노트북에서 좋아하던 음악도 나오고 있었다고 한다. 그 애가 좋아하는 음악…. 그게 어떤 것이라 정확히 말할 순 없지만, 스타벅스에 가면들을 수 있는 그런 음악이었다. 머릿속에서 그런 멜로디가 흥얼거려진다. 옥상에 있는 화분에 물을 주다가 떨어졌다는 결론이 나왔고 타살 혐의점이 발견되지 않아 경찰은 수사를 종결했다고 한다. 누군가 그러게 왜 옥상까지 올라가 식물을 키웠는지, 라고 혀를 찬다. 자취하는 대학생 중에 좁은 방에서 강아지나 고양이를 키우는 사람은 있어도 화분을 놓고 물을 주는 사람은 내 주변에 없다. 긴 치마를 입고 있었다 하는데, 아마도 치맛자락이 발에 걸려 넘어졌을 거라며 다들 아는 척을 한다.

누가 그 아이를 죽인 게 아닌 이상은 어떻게 죽었는지는 중요하지 않다.

그냥, 죽었다는 사실이 중요할 뿐이다. 그래, 이미 죽었는데 어떻게 죽었는지, 왜 죽었는지에 대해 저렇게 핏대를 세우며 열변을 토할 이유가 있을까.

무엇보다 장례식에서 하지 말아야 할 이야기 중 하나가 바로 어떻게 죽었는지에 대한 수군거림 아닌가. 기본적인 예의도 못 배워 처먹었나.

다들 어디서 주워듣거나 추리 소설에서 본 것을 이야기하며 시간을 보내고 있다.

"걔가 원래 잘 넘어졌잖아."

누군가 그렇게 말했다.

원래 그래, 라는 말을 할 만큼 그 애를 잘 알았던가. 나는 속으로 코웃음을 친다.

여기 있는 사람들의 훨씬 많은 수보다 내가 그 애를 더 잘 알고 있으리라.

물뿌리개가 옆에서 나뒹굴고 있었다고 했다.

분홍색 아기 코끼리 무늬인 그 물뿌리개일 것이다.

언젠가 우리 둘이 집 근처 마트에 갔을 때 예쁘다고 산 것이다.

어차피 물만 뿌리면 되니까 아무거나 사라고 아니 꼭 사야 하냐고 화장실에 있는 바가지로 주면 되지 않나, 투덜거리던 내 말은 들은 척도 하지 않은 채 꼭 예쁜 걸 사야 한다고 마트를 몇 바퀴나 돌았는지 모른다.

툴툴거리며 카트를 끌고 그 애 뒤를 쫓아갔지만 나는 사실 그 순간을 즐겼다. 남자는 슬리퍼를 찍찍 끌며 카트를 끌며 투덜거려야 하는 게 남자다운 것이고, 여자는 같은 물건이라도 꼼꼼하게 따져가며 고르고 오랜 시간을 보내는 것이 여자다운 것이라 늘 생각하던 나였는데 그 일이 내 일이 되고 나니 재미있었다.

그 애에게는 아이스크림 하나만 먹으며 가라고 하고 양손 가득히 비닐봉지를 들고 가는 것도 뿌듯했다.

그래, 그럴 때도 있었다.

다른 이들은 무슨 생각을 하고 있을까? 그 애의 어떤 기억을 떠올리고 있을까?

치마…. 바람이 불면 날아갈 듯 그 치마를 붙잡고 웃고 있던 그 애가 생각난다.

살구빛깔에 복숭아뼈까지 내려오던 그 긴 치마.

내가 예쁘다고 여겼던, 그걸 입고 있으면 마치 어느 나라 공주님 같다고 혼자 생각했었다.

그런 치마가 유행인지 너도나도 입고 다녔지만 유독 그 애만 눈에 띄었다.

그래, 그 애만 내 눈에 보일 때가 있었다. 아득히 먼일처럼 느껴지지만.

그 치마를 입을 때면 계단을 오를 때도 살짝 들어 주지 않으면 발에 걸리곤 했었다. 치마를 살짝 들고 계단을 오르는 그 애가 우아하다고 생각했다.

그 애는 모나코의 왕비가 된 어느 영화배우 이후로 내가 우아하다고 생각한 여자였다.

크고 검은 눈동자에 높으면서 쭉 뻗은 코, 도톰한 입술.

이렇게나 그 애를 자세하게 기억하고 있다는 게 신기할 따름이다.

가끔은 걸려 넘어질 뻔해서 그 애의 팔을 붙잡아 준 적도 있었던 그래, 그 치마일 것이다. 옥상에 있는 화분이라면 몇 번이나 가르쳐 주어도 금방 잊어버리고 결국에는 외우기를 포기한, 이름도 어렵다고 느끼던 허브였을 것이다. 그 애는 향기가 좋다고 나에게도 맡아 보라고 했지만 난 그게 그거 같다고 생각을 한, 잎사귀도 전부 똑같이 생긴 그런 허브.

환하게 웃는 그녀의 사진 앞에 국화꽃 한 송이를 놓고 돌아섰다.

정말 예쁘게도 웃고 있네. 참 오랜만에 보는 웃는 얼굴이다.

다들 눈을 감고 몇 초간 그 앞에 서 있었지만 그럴 수 없었다. 다리가 휘청거린다.

내가 너한테 무슨 말을 할 수 있겠니.

나는 너에게 아무 말도 할 수 없어.

알잖아.

처음에는 유진에 관해 누가 더 많은 것을 아는지 내기라도 하는 듯이 다들 떠들어 대더니 차츰 하나둘씩 졸기 시작했다. 나는 차창 밖을 바라보았다.

누군가 속임수를 쓰는 것 같다. 이 모든 것을 꾸민 자가 분명히 있을 것이고 우리 모두 속아 넘어가는 기분이다. 주위를 둘러보면 카메라들이 어딘가에 숨겨져 있을 것 같아 나는 두리번거렸다. 주위에는 술 냄새를 풀풀 풍기며 자는 아저씨와 옆자리까지 차지해 누워 버선발을 창가에 올려놓고 자는 할머니, 그리고 칭얼거리는 아기와 그 때문에 쩔쩔매는-정작 주위 사람들은 신경도 쓰지 않는데- 젊은 부부만 있을 뿐이다.

이런 기분으로 집에 갈 수 없다며 우리는 청량리역에 도착하자마자 술집으로 들어갔다.

저마다 애통한 표정으로 그 애에 관해 한마디씩 하며 술잔을 기울였다.

어느 순간, 다들 나를 측은한 눈빛으로 바라보며, 혹은 내 어깨를 감싸며 나를 위로했다. 사실 나는 이상하리만큼 아무렇지 않은데 말이다.

단지, 그 애의 죽음에 대해 다들 이렇게 빨리 인정할 수 있는 것이 신기할 뿐이다. 또한, 이렇게 눈물을 펑펑 흘릴 만큼 그 애를 소중한 사람으로 대했는지 의문이 갈 뿐이다.

아… 집에 가고 싶다.

지금이라도, 저기 보이는 문을 열고 그 애가 환하게 웃으며 들어올 것만 같다. 환하게 웃는 얼굴. 그걸 본 지가 언제인지. 아니, 그렇게 웃었던 적이 있긴 했었나.

꽤 많은 술을 마셨다.

평소에 술을 입에 대지 않던 지섭 선배가 전봇대를 붙들고 토할 정도로 술을 마셔댔고, 감수성이 풍부하지만, 눈물이라곤 없는 상원이도 나를 안고서 그 애 이야기를 하며 눈물을 그치지 않는다.

이 중에 멀쩡한 사람은 나뿐이다.

나는 그 사람들을 모두 집에 보내고 나서야 피곤함을 느끼며 야간 버스에 올라탔다. 버스에서 내리자 그제야 술에 취하는지 몸이 휘청거릴 정도로 어지러움을 느꼈다.

이 상태로 들어갔다간 신입생 때 처음으로 엄청난 술을 마시고 주차장 차 밑에서 잠들었던 그때를 시작으로 하는 엄마의 잔소리를 들을 게 뻔했기 때문에 집 앞 벤치에 잠시 앉았다.

왜 잔소리는 항상 지금 이 순간의 일뿐만 아니라, 이 일과 관련된 최초의 일부터 시작이 되는지 모르겠다. 그렇게 되니까 늘 잔소리는 축적되어 그 양이 점점 늘어나게 되는 것이다.

하늘에 별이 많다. 매일 내 머리 위에 있는 데 이렇게 바라본

건 또 얼마 만인지.

하늘이 하늘에 늘 있어도, 그것을 올리고 쳐다봐야 제대로 볼 수 있다.

'하늘은 하늘색이다.'

어느 겨울, 종로에서 놀다가 그 애 집, 즉 학교 쪽으로 가는 버스 안에서 창가 쪽에 앉은 그 애가 뿌연 창문에 쓴 문장. 난 창문 쪽으로 좀 더 고개를 내밀고 하늘을 슬쩍 봤다. 하늘색일 리가, 시간이 몇 시인데.

'지금 깜깜한데?'

'응?'

'깜깜해서 하늘색 아니라고. 까만색이야'

그 애가 '바보야' 하는 표정으로 날 바라보았다. 나도 하늘색은 잘 알고 있다. 유치원 다닐 때 하늘색 크레파스로 하늘을 색칠하고, 빨간색으로 태양을 그렸던 기억이 있기에.

'지금처럼 별이 보일 만큼 까만색도 하늘색이야. 노을이 질 때 붉은빛도 하늘색이고. 눈부시게 푸른 것도 하늘색이고. 전부가 하늘의 색이야.'

'?'

'하늘은 늘 하늘색이잖아. 그것처럼 내가 널 사랑하는 것도

변함없고 당연한 거라고.'

나는 아무 말도 할 수 없이 그 애를 쳐다봤다.

'어떤 책에 나오더라. 멋있지? 하늘은 하늘색이다.'

어릴 때, 엄마가 귀중하게 여기는 물건을 깨뜨렸을 때 나는 놀이터의 모든 아이들이 집에 돌아갈 때까지 여기 앉아 있었다. 고개를 푹 숙이고 신발 앞 축으로 괜히 흙을 패며 엄마가 나를 찾을 때까지, 괜찮다고 할 때까지 기죽은 얼굴을 하고 있었다.

나도 참 웃기는 놈이다. 어느 날부터인가 얼굴만 봐도 진저리가 날 만큼 싫어진 여자를 깨져버린 소중한 것에 비유하며 가슴 아픈 척을 혼자 다 하고 있으니 말이다.

나를 가장 지독한 방법으로 배신하고 떠나 버린 여자를 생각하며 슬퍼한다는 건, 왠지 위선이다.

또한, 내가 그럴 자격이나 있던가.

2
요변천목의 밤처럼

새벽녘까지 뒤척였더니 아침이 다 되어 잠들었다.

그리고 깨어나 보니 벌써 어스름한 저녁이었다.

씻지도 않고, 머리는 까치집인 채로 텔레비전 앞에 앉아 멍청한 얼굴로 리모컨을 누르고 있다. 화면들이 휙 휙 지나간다.

바보상자 속의 바보들이, 아니 바보인 척하는 이들이 나와 우스운 분장을 하고 기묘한 자세를 취하고 있다. 방청객들은 깔깔대며 웃고 있고 저들도 즐거워 보인다. 정말 즐거운 것일까? 개그 프로그램도 없어져 간다고 하는데 먹고 살기 위해 아등바등 하고 있는 것처럼 보인다. 저들이 상자 밖으로 나간다면 저렇게 웃고 있지 않을 것이다.

'나는 광대가 슬퍼.'

'응?'

'바보인 척, 모르는 척, 슬프지 않은 척하는 광대가 슬퍼.'

'뭔 소리야.'

재미없다. 리모컨의 전원 버튼을 누르자 피융 소리를 내며 까만 화면으로 바뀐다.

"네 앞으로 편지 왔길래 책상 위에 올려뒀어. 저녁은 두부찌개 할 건데 괜찮니?"

"상관없어요."

편지? 성적표가 벌써 왔나? 아니지. 내가 보기도 전에 이미 뜯어 보고선- 엄마들은 가끔 자식들의 프라이버시를 지켜주지 않는다-그릇을 신경질적으로 달그락거리는 소리를 내거나 도마를 탕탕거렸을 텐데 그런 소리는 들리지 않았다.

이상하게도 아무리 요란한 음악의 알람을 맞춰 놓아도 잘 깨어나지 못하는데, 엄마가 부엌에서 신경질적인 어떤 소리를 내면 자동으로 몸이 일으켜지는 것이었다.

생전 안 오던 편지가 오다니. 게다가 요즘같이 이메일을 쓰는 시대에. 아니 이메일조차 잘 쓰지 않는 이런 건조한 시대에. 분명 잘못 보내진 편지일 것이다. 손으로 글씨를 써서 보낼 사람은 내 주위에 한 명밖에 없다.

가끔 우리 집으로도 (굳이) 편지를 보냈고, 내 가방 속에 몰래 넣어 놓기도 했던 한 사람.

편지 쓰기를 좋아하고, 내가 답장을 보내지 않으면 온종일 뾰로통한 얼굴로 나를 보아, 기어이 쓰게 만들었던, 그 애뿐이다.

늘 안녕으로 시작해, 안녕으로 끝났던 그 애의 편지.

내가 안녕이란 말이 싫다고 했더니 나를 이해하지 못했던 그녀. 내게 안녕은 왠지 슬프고 이별을 뜻하는 말 같았는데 그 애에게는 그저 손을 높이 들고 흔들며 하는 인사였다. 물론 책상 위에 있는 편지는 그 애일 리가 없다.

그런데… 이런….

그 애다.

나의 헤어진 여자 친구. 죽은 내 여자 친구.

소인을 보니 그 애가 죽은 날과 일치한다.

오싹하다.

공포 영화에서 많이 본 장면이다. 떨리는 마음, 떨리는 손을 주체할 수 없다.

누가 장난을 치는 걸까? 이런 지독한 장난을 칠 사람은 주변에 없는데.

안녕.

편지가 오랜만이네. 우리 만날 때는 가끔 주고받곤 했는데….

어제는 네가 준 편지들을 읽어봤어. 사실은 자주 읽어봤어.

오해는 마. 너를 그리워한다거나 하는 말을 하려는 게 아니니까….

다만, 내 이야기를 들어주었으면 좋겠어.

한 번쯤은 나도, 말을 하고 싶었거든….

너를 사랑했어. 너만을.

그뿐이야.

난 이 말을 하고 싶었어.

안녕.

후문에서 요변천목의 밤에. 유진.

안녕으로 시작해 안녕으로 끝나는 편지. 그 애가 좋아하는 인사. 안녕.

필체가 꽤 유쾌하다고 느껴진다. 간결한 문장, 정확하고 분명한 의사 표현.

무슨 말을 하고 싶었던 것일까? 너를 사랑했어, 너만을.

사랑한다고 말했더라면 무서울 뻔했다.

'사랑했었다'라는 표현에 안도가 되는 나를 보며 웃음이 난다.

나를 향한 비웃음. 겨우 넌 이 정도였어.

왜 하필 그 애가 죽은 날 이 편지가 부쳐진 것일까?

답은, 죽기 전에 이 편지를 부친 것이기 때문에. 딩동댕!

우체국에서 이 편지를 부친 뒤 집에 돌아와 그 애는 음악을 듣고, 빨래를 했을까? 하고 싶었던 말을 했으니 개운한 마음으로 옥상에 올라가 허브에 물도 주었을까? 잠시 후면 자기가 어떻게 될지도 모른 채…. 지상에서의 마지막 편지를 보냈는지 모른 채.

마지막 편지를 내가 받게 되다니. 다시는 그 누구도 들을 수 없는 고백을 내가 들어버렸다. 그 애가 생전 사랑한다고 말했던 마지막 상대가 내가 되어 버린 것이다. 이걸 행운이라고 해야 하나. 아니면 그저 지독한 인연이라고 해야 하나, 그도 아니면 재수 없는 우연이라고 해야 하나.

다음 날, 방학이 시작되어 학교에 갈 일이 없었지만, 학교로 향한다.

편지를 외울 정도로 되풀이해서 읽으며(사실 몇 줄 되지 않아 두세 번 읽으니 외워졌다) 어젯밤 역시 제대로 잠을 자지 못했다.

당분간은 이럴 것 같다.

여름의 뜨거운 햇살 때문인지 지하철역에서 학교까지 걷는 그 몇백 미터 동안 셔츠가 푹 젖을 정도로 땀이 난다. 그리고, 분명 더운 여름이었지만 한순간 소름이 돋을 정도로 추웠던 그 날이 생각난다.

우리가 헤어진 그해 여름.

커피잔을 부여잡고 눈물을 뚝 뚝 흘리고 있던 그 애의 얼굴이.

나를 쳐다보지 못하고, 고개를 푹 숙인 채 아무 말도 하지 않고 있었던 그 애의 모습. 그 모습조차 보기 싫다는 듯이 고개를 돌리다가 무심히 본 너의 손. 봉숭아 물을 들인 그 손톱들이 왜 그렇게 징그럽게 느껴지던지.

그것조차 순수하게 보이려 했던 어느 하나의 간사한 속임수로만 보였던 그 날. 특히나 어디서 다쳤는지 부러지고 검게 멍까지 들었던 **너의 네 번째 손가락의 손톱.**

후문에 오면, 첫 키스의 설렘을 떠올리게 될 줄 알았는데….

가늘게 떨던 너의 어깨를 기억할 줄 알았는데. 아직은 아닌가 보다. 아직은. 멀었나 봐.

하긴 공사 중이라는 팻말을 세워놓고 잔뜩 쌓인 흙더미와 쓰레기를 보며 그런 기억을 떠올리기는 좀 힘들 것이다.

우리가 매일 밤 이야기를 나누던 그 벤치도 없어지고, 네가 좋아하던 그 나무도 뽑혀서 어디론가 가버렸나 봐.

왠지 씁쓸하다.

"야, 거기 문 아직 안 열었을걸. 정문 쪽으로 가자니까"

"그래도 가보자. 거기 커피가 제일 맛있잖아. 아저씨도 멋있고…"

"너…"

여학생 두 명이 깔깔거리며 옆을 지나가다가 공사 때문에 날리는 먼지 때문에 잠시 눈살을 찌푸리더니 손으로 입을 막는다.

커피? 네가 말하는 후문이 여기가 아니라 혹시 그 후문이니?

우리가 자주 가던 카페.

학교 후문을 지나 너희 집으로 올라가던 언덕에 있던, 노란

페인트로 칠해진 벽의 카페 후문?

여전하구나. OPEN 12:00

게으른 주인은 늘 열두 시가 지나야 가게 문을 열었어. 넌 아침에 학교 오면서 커피를 사 오고 싶은데 그러지 못한다고 투덜거렸고. 다른 데서 사오라고 하니 그 집 커피가 맛있다고 했었지. 다른 데 커피는 안 마시고 이곳 커피만 마셨어.

난 그 맛이 그 맛이던데. 커피는 뭘 먹어도 똑같이 맛없었어.

휴대전화를 꺼내 시계를 보는데 낯익은 얼굴이 다가온다.

"오랜만이시네요."

"안녕하세요."

"기다리셨어요?"

"아니요. 지금 막 왔어요"

나보다 너덧 살 위로밖에 보이지 않는 주인이 가게 문을 열고 문 앞에 있는 조그만 칠판에 '오픈'이라고 쓱쓱 적어 놓는다.

"밖에 많이 덥죠? 오늘도 32도가 넘을 거래요. 대체 얼마나 더 더워지려는지."

늘 우리가 앉던 자리. 책이 가득한 선반 옆 구석진 자리.

그 애는 구석을 좋아했다.

남들 눈에 잘 띄지 않는, 거기에 사람이 있는지 없는지조차,

아니 의자와 테이블이 있었나 하는 의문을 가지게 하는, 기억이 가물가물한 그런 자리를 좋아했다.

어디를 가든, 그 애는 구석을 찾아 앉았고 또는 거기서 나를 기다렸다.

사실 좋아했는지 어땠는지는 모르겠다.

분명한 건 그 애는 사람이 잘 다니지 않는, 자신이 잘 보이지 않는 곳에 있었다.

"얼그레이 드시죠?"

"네. 아이스로 주세요."

사실, 홍차를 좋아해서가 아니라 커피를 마시지 않으니 나에게는 선택의 여지가 없었다.

"얼마 전에 오셨었는데…."

"네?"

"여자분요. 꽤 오랜만에 오셨었어요. 지나가다 몇 번 보기는 했었어도요…."

"아… 네…."

여기를 지나간 사람은 이제 없답니다. 다시는 볼 수 없어요.

"책을 주고 가셨어요. 여기 있는 책 꽤 많이 읽었는데 선물로 두고 가고 싶다면서."

선반에 눈이 간다. 미술과 디자인 책, 그리고 소설들이 꽂혀있다.

그 애는 이곳에서 커피 마시며 책 읽는 걸 좋아했다.

어느 날은, 다 읽어서 더 이상 읽을 것이 없다고 자기 책을 가져가 보곤 했다. 그 애는 늘 이곳에서 책을 읽으며 나를 기다렸다. 그리고 내가 들어 오면 읽던 책을 덮고 무언가 궁금한 눈빛으로 나를 바라보았다.

'오늘은 어땠어?'

그 애는 늘 내 하루를 궁금해했다. 아침에 지하철을 타고 올 때 사람이 많아 서서 오지는 않았는지, 수업은 잘 들었는지, 점심은 무얼 먹고 너무 더워서 컨디션이 안 좋지는 않은지….

"여기, 차 나왔습니다."

"고맙습니다."

"책 찾으세요? 그 두고 가신·제목이 코끼리? 뭐던데. 제가 꽂아 놓기만 하고 아직 읽어 보지 못해서요. 그 책 읽으러 오실 거라 그러더니. 금방 오셨네요."

읽으러 오실 거라니? 왜 그런 말을 하느냐고 물으려 했으나 왜냐고 물어본 들 알까 싶어서 잠자코 있는다.

결국, 그 애의 편지 속 후문은 이 카페이고 내가 제대로 왔다면 저 책을 읽게 될 거라는 것인가. 아니, 난 책을 읽을 생각이 없었다. 와서 차 한잔 마시고 나갈 생각이었다.

그 애는…. 내가 와서 책을 읽을 거라고 주인한테 말한다면, 이곳에 내가 들렀을 때 당연히 이야기하게 될 거라 생각한 것이다. 꼼꼼한 성격의 주인이 그냥 지나칠 리 없다고 미리 계산했다는 말인데….

나는 이 책을 읽어야만 한다.

왜냐하면, 이 책을 읽으러 올 것이라고 그 애가 말했으니까.

게임에 빠져드는 기분이다. 이 게임을 시작하면 끝을 볼 때까지 멈출 수 없다는 생각을 한다. 코끼리? 책들의 제목을 훑어본다.

코끼리, 코끼리…. 코끼리! 찾았다. 코끼리와 귀울음.

좋아하는 책이네. 일본 여류 작가 온다 리쿠의 단편 추리소설들이 담겨 있다.

한 번은 유진이가 집에 가면서 이 책을 읽다가 춘천에서 못 내리고 지나친 적이 있었다. 정차역을 알리는 방송도 듣지 못하고 푹 빠져서 읽었다던. 좀처럼 추리 소설을 읽지 않는데 이 책은 꽤나 재미있었나 보다. 책을 꺼낸다.

요변천목의 밤. 그 애가 말한 요변천목의 밤이라는 제목의 단편이 첫 장이다. 심장 박동이 빨라진다.

그 밤이 무슨 밤을 뜻하는지 전혀 모르겠지만 알고 싶지도 않다.

설렁설렁 넘기고 나니 그 단편의 끝에 메시지가 쓰여 있다.

이제 알았니? 낯익은 글씨체. 그리고 한 장의 사진.

이제. 알았냐고? 뭘? 무슨 말이야?

다시 책을 읽었다. 눈으로 읽는 글자들이 내 입안에서 알맹이처럼 톡 톡 터지는 그 느낌이 들 때까지 나는 읽었다. 그 애가 그랬다. 책을 제대로 읽으면 글자들이 입안에서 춤을 추는 느낌이라고. 읽고 또 읽었다.

돌연 죽은 친구가 실은 자신의 홍차에 조금씩 비소(砒素)를 넣어 천천히 죽어가고 있었다는 이야기. 세상 사람들은 그의 죽음이 심장마비인 줄 알지만, 주인공은 결국 그의 죽음이 자신이 선택한 것임을 알게 된다는 그런 이야기.

이게. 뭐야?

아니 책의 줄거리는 읽는 사람에 따라 달라진다. 어떤 면을 더 중요하게 보느냐, 어떤 것을 기억하느냐에 따라서 달라질 수 있다. 그리고 거기에 정답은 없다.

그런데 내 머릿속에는 단 하나의 해석만 남는다. 이 단편을 읽은 대부분의 사람은 이 줄거리로 이 책을 기억할 것이다. 휴대폰에서 이 책의 리뷰와 서평을 검색했다.

한참을 죽은 듯이 앉아 있던 끝에 생각의 정리를 마쳤다. 아니, 이미 정리는 끝냈지만. 나는 인정할 수가 없어. 어떻게 이럴 수 있지?

네가 죽은 게 단순한 사고가 아니라, 선택한 것이었다는 것을… 선택….

사람들은 그런 죽음을 자살이라고 부르더라.

지금 이 사실을 나보고 믿으라는 거야?

그렇다 해도 이걸 나한테 알리고 싶었던 거야? 갑자기 추워졌다. 한여름인데.

그래, 아까 너무 더웠어. 잠도 제대로 못 잤는데 이런 날에는 머리가 이상해지기 쉬워. 내 머리가 조금 이상해진 거야.

집으로 돌아가는 버스 안. 그녀가 마치 날 쫓아오는 듯이 난 두려웠다.

계속 뒤를 돌아보았다.

이제 난 너랑 아무 상관 없는데….

아니 그 전부터 너랑은 끝났는데….

버스에서 내린 뒤, 내 걸음은 점점 빨라지더니 숨이 턱까지 차오를 만큼 뛰어 집으로 갔다.

마치, 걸음이 느린 그 애가 쫓아오지 못하게 하려는 것처럼 말이다.

내가 이 속력으로 뛰어간다면 그 애는 분명 쫓아오지 못하리라. 그 애가 나를 쫓아오다가 넘어져도 뒤돌아보지 말아야지. 일으켜 세워주지 말아야지. 그러면 그 애가 일어나 옷을 탁탁 털고 앞을 봤을 때 이미 나는 시야에서 없을 것이다.

집에 가자마자 내 방문을 잠그고 이불을 뒤집어쓰고 누웠다. 옷장에서 겨울 이불을 꺼내 덮어도 몸이 떨려왔다. 그녀가 날 쳐다보는 것 같았다. 알 수 없는 편지에, 자살이라니.

왜 하필…. 나야?

3

장미꽃 향기에 취해

이불을 뒤집어쓰고 한참을 누워 있다가 난 그 속에서 기어 나와 책상에 앉았다. 이게 무슨 미친 짓인지. 사진 한 장에 미친 놈처럼 달려와 쌩쇼를 하고 있다니. 사진을 유심히 바라보고 있다. 그 책에 꽂혀있던 사진.

빌라 앞 편지함이다.

그녀의 빌라 앞.

그리고 영화에서나 나올 법한 작은 집 모양의 나무로 만들어진 편지함.

학교 뒤에 지어진 신축 빌라들은 모두 비슷한 모양이지만 난 알 수 있었다.

그녀가 사는 빌라 앞에는 장미가 심어져 있어 언제나 그 골목길에 들어서면 장미 향이 났기 때문이다.

이 사진, 우연히 꽂혀있던 것일까? 아니면 그 애가 꽂아 놓은 것일까?

언제나 저런 모양의 편지함을 가지고 싶어 했었다. 그 속에 담긴 편지는 모두 행복한 내용일 것이라 말하면서….

너는 행복하니?

"뭐 하니? 불러도 대답도 없고"

어머니가 사과가 담긴 쟁반을 책상에 올려놓았다. 난 얼른 사진을 뒤로 숨겼다.

"뭔데 그래?"

"아무것도 아니에요."

"얘가. 이상한 사진 아니야? 어디 좀 봐봐!"

"아니에요. 저 좀 나갔다 올게요."

난 사진을 지갑 사이에 끼워 나왔다.

"이 밤에 어딜 가는데?"

"금방 와요."

텔레비전 옆 서랍 위에 놓인 아버지 차 열쇠를 챙기고 집을 나섰다. 걱정스러운 표정을 짓고 있는 엄마를 뒤로하고 난 그곳으로 갔다.

사진 속 빌라. 그녀가 살던 곳.

그 사진이 그냥 거기 꽂혀있을 리 없었다. 그 애가 사진 따위를 아무 데나 끼워놓고 잊어버리고 있을 애가 아니었다. 유진이는 디지털 사진을 출력해주는 사이트에서 사진을 받으면 앨범에 끼워두고 옆에는 날짜와 그 사진에 대한 소소한 기억까지 적어 놓는 아이였다. 휴대폰으로 사진을 찍어 저장하고 공유하는 시대에 굳이 그것을 출력하여 앨범에 간직하는 그런 사람이었다. 저장과 간직은 분명 다르리라.

그러니 이 사진은 그 책에 일부러 끼워 놓았던 것이다. 그 편지를 나에게 보냈듯이. 그 사진 역시 내가 보길 바랐다.

그렇지만 왜?

이유는, 가보면 알게 것이다.

학교 후문 쪽에 차를 세워두고 그 애의 집 앞까지 걸어갔다. 불 꺼진 세탁소와 늘 멍한 얼굴로 텔레비전만 보는 슈퍼 아주머니가 보였다. 그 애가 좋아하던 떡볶이 가게와 늘 새카맣게 타서 나오는 돈가스를 파는 식당을 지나, 그리고 우리가 자주 가던 카페 후문을 지나. 이 골목을 돌아서면.

그래. 여기야.

그 앞에 서자 뽀얗게 내려앉은 먼지를 털어내고 켠 뮤직 박스처럼, 오랫동안 잊고 있었던 기억들이 음악처럼 흘러나왔다. 그 애의 마음을 얻기 위해 늘 저 편지함에 장미 한 송이를 꽂아놓곤 했었다. 그리고 얼마 후, 굉장히 바보짓이라는 걸 깨달았다. 세 걸음만 물러나서 보니 장미꽃이 널려 있었기 때문이다.

나중에 그 애와 정식으로 사귀게 되었을 때 내가 준 장미꽃의 봉오리만 떼어 말린 뒤 상자에 넣어둔 것을 보았다.

이제 뭘 해야 하지? 뒷주머니의 지갑에서 사진을 다시 꺼냈다. 그리고 내 시야를 그 사진을 찍은 사람과 일치되도록 맞추었다. 뒤로 몇 걸음 물러났다가 다시 앞으로 왔다가 오른쪽, 왼쪽으로 왔다 갔다 하며 맞추자 비로소 사진에 찍힌 그대로의 풍경이 나타났다.

역시 모르겠다. 사진의 뒷면을 다시 본다. 아무것도 쓰여 있지 않다.

가로등 불빛에 대고 봐도 역시 아무것도 없다. 한참을 들여다보아도 모르겠다. 그렇다고 그냥 돌아서려니 이건 너무 뭐랄까, 찝찝하다. 더 이상 아무런 힌트도 없다면, 왜 그런 편지를 보냈으며 자기가 자살했다는 걸 알렸을까?

아니 어쩌면, 자살이 아닐지도 모른다. 그 소설에 너무 심취해 잘못 이해했을지도 모른다. '이제 알겠니?'라고 쓰여 있었던 건 뭔가 다른 뜻이 있었을 것이다. 그래, 내가 너무 이 일에 대해 깊이 생각하니까 별말도 안 되는 상상까지 하게 된 거야. 그리고 이 사진, 구겨지지 않게 하려고 이 책에 꽂아놨다가 잊어버렸을 수도 있잖아? 사람이 찍힌 것도 아니니까 뭐. 이 우체통을 좋아했으니 찍어놨을 테고. 그 애는 원래 아기자기한 문구용품, 길 가다 본 예쁜 옷 같은 것도 찍어 놓고 수납장으로 쓸

상자를 포장하거나 벽에 장식해놓고 그랬으니까. 그래, 그거네.

난 또. 그 애가 죽었다는 사실 때문에 머리가 잠깐 어떻게 됐었나 보다.

어쩌면 그렇게 죽었다는 것을 인정하고 싶지 않았을지도 몰라.

그래, 다 내 망상이야. 편지도, 화분에 물주기 전에 학교 우체국에 가서 부친 거겠지? 나랑 다시 시작하고 싶었을지도 모르고…. 다 우연이야.

괜한 생각에 이 밤중에 여기까지 달려왔다고 생각하니 웃음이 났다. 왠지 마음이 편해졌다. 여기까지 신호를 무시하며 운전해왔던 것과는 반대로 음악을 틀어놓고 느긋한 마음으로 동호 대교를 건널 수 있을 거란 생각이 들었다. 집으로 딱지가 날아와 엄마한테 한 소리 듣겠구나, 라는 생각이 들었지만, 차라리 그게 낫다.

옆에 흐드러지게 핀 장미꽃 한 송이를 꺾어 우체통에 넣는다. 어쩌면 내가 여기까지 달려온 건, 너를 한 번이라도 더 생각하려고 그랬는지 모르겠다.

지금 생각해보니 네가 장미를 좋아하는지, 아니 어떤 꽃을 좋아하는지도 몰랐구나.

그때 손에 무언가 잡힌다. 편지. 고지서나 광고물일 수도 있겠지만 이건 확실히 편지다. 평소 같으면 누군가가 아직 우체통을 확인하지 못했을 수도 있다고 생각했겠지만, 손에 잡힌 그 편지가 왠지 내 것이라는 생각이 든다. 익숙한 물건을 집은 것처럼 손에 쏙 들어왔다. 편지를 꺼내 보았다.

받는 사람 정윤.

심장이 또다시 요동치기 시작한다. 어지럽다. 두 가지 마음이 충돌한다. 이 편지를 읽어 보고 싶은 마음과 이 모든 게 꿈이고 어서 깨어났으면 하는 마음. 그러나 꿈도 아니었고 이 편지는 내 손 안에 있으며 정확히 나, 정윤 앞으로 온 것이었다.

떨리는 손으로 편지 봉투를 뜯었다.

이 정도는 네가 쉽게 찾을 줄 알았어. 더 늦지 않아서 다행이야. 만약 이 편지를 찾지 못했다면 누군가 발견했어도 수신인의 주소도 적혀 있지 않아 보내지 못했을 것이고, 또 내가 이미 이 세상 사람이 아니라는 걸 안 주인아저씨가 편지를 불태웠을지도 모르지. 호기심에 읽어봤을 수도 있고. 그렇지만 죽은 사람의 물건을 건드리면 재수가 없다는 미신을 믿고 그대로 놔뒀을 지도.

안녕, 나야 유진이.

알아, 너라는 걸. 네 장례식이 어제 끝났을 텐데. 넌 화장되었다고 들었어. 그런데, 어쩐지 내 옆에서, 그것도 아니면 어딘가에서 날 지켜보는 것 같아. 이 기분이 얼마나 오싹하고 무서운지 넌 아니? 넌 평소에 장난을 좋아하는 아이도 아니었고, 이런 장치를 꾸미는 아이도 아니었어.

나는 얼마 전 극장에서 본 공포 영화가 떠올랐다. 원한에 가득 차서 죽게 된 어느 여학생이 반 친구들에게 나타나 잔인한 살인을 저지르며 복수를 한다는….

> 넌 내가 이런 일을 꾸밀 거라고 상상도 못 했겠지? 왜냐하면, 넌 나를 모르니까. 친구들이 모인 자리에서 난 유쾌하고 장난도 잘 치고 엉뚱한 아이였어. 못 믿겠지?
> 이 편지를 네가 발견했을 때쯤이면… 나를 아는 대부분의 사람들은 내가 죽었다는 사실을 알고 있겠지?

맞구나… 하….

넌, 너를 아는 대부분의 사람들이 얼마나 많은 눈물을 흘리고, 슬퍼하는 줄 알고 있니? 너희 어머니. 많이 우셨어. 몇 번이나 기절했다가 깨어나면 너를 찾곤 했대. 알고 있니 이건?

> 우리 엄마, 아빠도 봤어? 많이 슬퍼하시지? 그런 마법이 있었으면 좋겠어. 나에 대한 기억만 잊어버리게 하는. 처음부터 나

란 사람이 없는 줄로 아는 그런 마법 말이야. 그래. 용서받을 수 없을 거야. 어떤 말을 해도 용납되지 않을 거야.

그래.

엄마, 아빠를 생각하면 할 말이 없어. 세상에서 내가 제일 사랑하는 우리 엄마 아빠. 그렇지만. 있지. 우선은 내가 살아야 했어.

살아야 했다고?

웃기는 말이지? 살기 위해 죽었다는 말이 얼마나 웃기니?

웃긴다는 말에 화가 난다. 네가 얼마나 많은 사람들의 가슴에 상처를 안겨준 줄 알아? 평생 지울 수 없는 상처를 내고, 기껏 한다는 말이 살기 위해 그랬다고?

빙빙 돌려 말하는 버릇은 여전하구나. 좀 더 정확한 설명을 해야 한다고 나는 생각해. 모두가 아니면 몇 명이라도, 오죽하면 그랬을까, 뭐 이런 반응이 나올 수 있는 그런 설명 말이야. 네 설명은 너무나 함축적이야. 그리고, 살기 위해 그랬다면 살았어야지 왜….

그 사람도 왔었니? 내 장례식에?

누구?

김현우. 너도 알지? 우리보다 두 학번 선배.

왔었어. 그건 왜? 많이 안타까워했었어 울기도 했고…. 그런데 왜? 혹시 너….

혹시, 하는 생각은 접어둬. 윤아. 그것보다, 넌 나를 처음 봤을 때 어떤 생각을 했었어?

잘 기억나지 않아. 그게 벌써 몇 년 전인데.

그러면서도 난 그 애를 처음 본 순간을 떠올렸다.

사실은 또렷하게 기억하고 있다.

예쁘다고…. 그것도 지나치게 예쁘다고 생각했어. 그랬던 것 같아. 다들 너를 보며 예쁘다고 했지만 난 관심 없는 척 술을 마셨고 흘긋거리며 너를 봤어.

예쁘다고 생각했어? 그래서 나를 쉬운 여자라고도 생각해봤어?

나뿐만 아니라 누구든 너를 예쁘다고 생각했어. 너를 잘 알지도 못하면서 집적대는 녀석들도 많았잖아. 다른 과 애들도 너보러 강의실 앞을 기웃거리곤 했었고 학교 익명 게시판에도 너 얘기는 자주 올라왔었어.

넌 정말 예뻤어. 눈에 띄게 예뻤지…. 그렇지만 쉬운 여자라 생각한 적은 결코 없어. 너뿐만 아니라 그 어떤 여자도 쉽다고 생각해 본 적 없어. 그리고 쉽다는 게 뭔데? 왜 이런 말을 하는지 모르겠어.

> 넌 모를 거야. 내가 왜 이런 이야기를 하는지. 넌 절대, 여자를 쉽다고 생각하는 남자가 아니니까. 그런 생각, 행동 자체를 경멸하는 남자니까.
>
> 그런데 있지, 나처럼 예쁘면 말이야, 내가 말하면서도 민망하네(그렇지만 절대 공주병은 아니라는 거 알지?). 어쨌든, 예쁘다고 생각해주는 사람이 있는가 하면 그 외모 덕에 경험이 많다고 생각하는 사람도 있어. 여기서 경험이란 건 뭘 말하는 건지 알겠지?

그래. 그렇게 생각하는 남자들도 있어. 다행히 우리 주위에는 없었지만. 쓰레기 같은 놈들이지. 그런데 솔직히 말하면 네가 이런 말을 나에게 하는 게 우스워. 조금 가증스럽기도 해.

나를 그렇게 생각하는 사람도 있었어.

네가 그렇게 행동했으니까. 네가 그렇게 살았으니까.
아니 땐 굴뚝에서 연기가 나진 않으니까 말이야.
나도 모르게 상처 주는 말들이 툭 툭 입에서 잘도 나온다.
이 아이에게 상처를 주고 싶었었단, 사실이 떠오른다.
받은 만큼 되돌려주고 싶다고 생각했던 시절이 있었다.
마음이 텅 비어버리는 것 같다.

기억나? 학교에 처음 들어왔을 때 내가 지섭 오빠랑 사귀었던 거? 그건 사귀었다고 말할 수도 없는 거였어. 열흘도 채 못 만나고 내가 일방적으로 차였으니까. 그런데 난 정말 좋아했었어. 왜 나랑 헤어졌는지 이유를 알기 전까지도 집 앞에 가서 기다리고 전화를 했었으니까.

그 얘기를 지금 왜 하는 거야? 네 화려했던 경력 따위는 듣고 싶지 않아. 고작 이런 말을 하려고 이 밤중에 날 달려오게 했어? 이런 이야기를 듣자고 가로등을 불빛 삼아 네 편지를 읽고 있는 건 아니야. 네가 왜 죽었는지를 알기 위해 난 지금 한 글자 한 글자 샅샅이 읽어 보고 있는 중이야. 혹시나 무슨 숨겨진 암호가 있는 게 아닐까 싶어서. 내가 반드시 알아야 할 어떤 일이 있었던 건 아닌지, 그런데 내가 놓치고 있는 건 아닌지 싶어서 그 어느 때보다도 집중하고 있어.

어쨌든 다시 돌아가서, 지섭 오빠랑 사귀기 전이었어. 학기 초에는 원래 술자리가 많잖아? 게다가 신입생이니 선배들 압력에 억지로 그 자리로 끌려가기도 했고 늦게까지 집에 가지 못하는 경우도 많았어. 그렇지만 즐거웠어. 이런 게 대학 생활이구나, 라고 생각했지. 아무도 믿지 않았지만 물론 너도 내가 이 얘기를 했을 때 놀라고 농담이라고 말했었잖아. 고등학교 때까지도 난 저녁 일곱 시까지는 집에 들어가야 했고 수학 여행이 아닌 친구들과의 여행은 꿈도 꿀 수 없었어. 부모님이 너무나 엄격했으니까. 대학은 정말 내게 자유를 주는 것 같았어. 늘 혼자 사는 것을 꿈꿔왔었거든. 나 대학생이다, 하면서 침대에서 천사 날개까지 그렸다니까.

그렇지만 얼마 지나지 않아 차라리 부모님과 함께 살면서 통금 시간에 늦을까 걱정하며 사는 게 낫다는 것을 깨달았지. 어쨌든 학기 초에는 정말 술자리에 엄청 끌려갔었어. 나를 불러주는 사람들이 고마웠어. 집에 혼자 있지 않아도 되니까 말이야.

넌 몰라. 어떤 남자들은 여자가 꼭 술자리에 있어야 한다는 생각한다는 걸. 게다가 넌 예뻤으니 선배들이 어떻게든 잡아 두고 싶어 했겠지. 안 봐도 뻔해. 넌 모르는 게 너무 많았어. 부르기만 하면 나오는 널 소위 말해서 쉽게 생각했다는 걸 말이야.

한 마디로 넌 즐겁고 편한 상대였던 거야. 오해는 마. 내가 아닌 다른 남자들에게 말이야.

> 난 그 날 취하지 않았었어. 집에 가서 쓸 리포트가 있었기 때문에 마시는 척하면서 밑으로 다 버렸어(그런 요령은 사촌 언니가 입학 전에 다 알려줬거든). 그런데 내 옆에 앉아 있던 현우 선배가 테이블 밑으로 내 허벅지를 꽉 쥐었어. 깜짝 놀라 쳐다보았지만, 현우 선배의 표정은 변화가 없었어. 난 그 선배가 술에 취해 모르고 한 짓이라 생각했어. 그 선배가 꽉 쥐고 있던 게 내 허벅지라는 생각을 못 하는 줄 알았었어. 그런데 그게 아니었어. 내 허벅지를 천천히 쓰다듬기 시작했어. 사람들에게는 그 특유의 유쾌한 웃음을 짓고, 저쪽에 취한 남자 후배를 챙겨주라는 말을 하면서 테이블 밑으로는 내게 그런 짓을 하고 있었어.

누군가 내 머리를 쿵 하고 내려친 것 같더니 그 느낌이 분노로 바뀐다.

나는 아직도 너에 관한 일이라면 분노할 마음이 남아있구나.

새삼스러워.

그런데, 그게 사실이야? 사실이라면 왜 가만히 있었어? 사람들에게 얘기하지 그랬니? 왜 지금 와서 날 이렇게 화나게 하는 거야? 네가 나랑 사귄 다음에라도 나에게 얘기했다면 난 가만 있지 않았을 거야. 네 말이 사실이라면 그 자식 반쯤 죽여 놨을 거라고.

목 뒷덜미가 빼근해지는 걸 느낀다.

> 넌 왜 진작 이야기하지 않았냐고 나한테 따지고 있겠지? 바보 같은 나를 탓하고 싶어 할 거야. 그렇지만, 그 자리에서 그런 이야기를 한다고 누가 믿어줄까? 사람들은 나를 술 취해서 허튼소리를 하는 아이로 생각했을 거야. 게다가 그런 이야기를 하면 나를 더 쉬운 여자로 생각했을 게 뻔해. 또 하나…. 얘기할 사람이 없었어. 그리고 학교에 갓 들어온 나와 몇 년 동안이나 착하고 성실한 선배 이미지를 쌓아온 현우 선배 중 누구 말을 믿어주겠니? 분명 사람들은 현우 선배로 하여금 그렇게 할 만한 행동을 취했거나(너도 이렇게 잘 생각하잖아!) 유혹했다고 생각할 거야. 뭔가가 있었을 것이라 생각했을 거야 분명. 아니면 그저 실수를 두고 유난스럽게 군다고 했겠지.
>
> 어쨌든, 난 잠시 후 그 자리를 나왔어. 얼른 집에 가고 싶었어. 계속 생각했어. 실수일 거라고. 실수일 거라고 말이야.

실수? 그런 일에 실수란 건 없어. 남자들이 얼마나 조심을 하면서 사는지 알아? 아무리 친한 후배라도 몸으로 장난을 치진 않아. 머리를 쓰다듬거나 어깨동무를 하는 가벼운 스킨십조차 하지 않는단 말이야. 오해받고 싶지 않으니까. 한순간에 쌩양아치로 몰리고 싶지 않으니. 그러니까 그 자식, 작정한 거라고. 네가 말 못할 것까지 다 계산했던 거야. 비열한 자식. 그런데 너도 문제가 있었어. 말을 해야 했어. 누구에게든.

그 자식은, 이렇게 말하면 미안하지만, 그 자식은 네가 속으로는 좋아할 거라고 생각했을 게 틀림없어. 남자들은 그래. 확실하게 싫다고 말해주지 않으면 좋아하는 줄 안다고. 그만큼 단순해. 중간이 없다고. 생각이 들어갈 공간이 없어.

단순하기 때문에 확실히 말해주어야 해.

주먹에 힘이 들어간다. 빌어먹을.

편의점만이 불빛을 내고 있었어. 세탁소도 식당도 모두 닫혀 있었고 지나가는 사람 하나 없는 그런 밤. 늘 다니던 길이지만 그 날따라 무서워서 빠른 걸음으로 집에 가는데 나를 뒤따라오는 발소리가 들렸어. 내가 멈추면 같이 멈추고. 내가 다시 걸어가면 나를 따라왔어. 처음에 나는 내 발자국 소리인 줄 알았어. 가끔 밤에 혼자 걷다 보면 내 발자국 소리에 내가 놀랄 때도 있으니까. 골목길에 들어선 순간 누가 나를 불렀어. 나를 쫓아오던 발자국의 주인공이겠지. 뒤돌아보기 무서웠어. 그리고 움직일 수도 없었어. 그 목소리가 누군지 알고 있었으니까.

…….

현우 선배였어. 그리고 정말 순식간이었어. 나를 벽에 밀치고 키스했어.

뭘 해?
뭘 했다고?

아니, 그건 키스가 아니라 폭력이었어. 내가 원하지 않았으니까. 하늘에 맹세코. 그런데 나는 당해낼 수 없었어. 한 손으로 내 두 손을 꽉 잡고 나머지 손으로는 내 몸을 더듬었어. 나머지는 내 방에서 마저 하자고 말했어. 뭘 계속하자는 건지는 네 상상에 맡길게.

바로 이 벽. 이곳…. 그렇지만 나는 이상하게도 침착하다. 주먹에 힘이 들어갈 뿐, 그 주먹이 이 벽을 차마 내리치지는 않는다. 왜일까?

나는 그 목소리를, 그 눈빛을 아직도 기억해. 거부하는 연기는 그만하라고 했어. 너도 이런 일에 익숙하잖아, 라고도 말했어. 싫었으면 아까 술집에서 싫다고 했을 거라면서… 주위에 아무도 없으니 솔직하게 하라고 했어. 사람은 참 이상하게도 죽기보다 싫은 일들은 그때의 말투와 어디에서 숨을 쉬었는지 그때의 얼굴 근육의 미세한 움직임마저도 기억하게 되나 봐.

난 입으로 물어버렸어. 꽤 아팠을 거야. 짧은 비명과 함께 입술을 부여잡더니 욕을 하며 물러나더라. 마침 빌라에서 나오는 사람이 있어서 그 틈을 타 안으로 들어갔어. 우리 빌라 현관문은 비밀번호를 눌러야 하잖아. 만약 그 사람이 나오지 않았다면 난 비밀번호를 누르는 사이 또 잡혔을 거야. 그 뒤는 상상도 하기 싫어….

어렴풋이 기억난다. 학교에서 현우 형이 유진이를 집까지 바래다주었다고 떠들어 댔었다. 둘이 잘 되는 거 아니냐고 나와 동료 몇 명이 놀리기까지 했었어. 그 애를 좋아하기 전이었다. 아니, 좋아하고 있었는지도 모르겠다. 사람의 마음이 정확히 언제 시작되고 끝나는지는 절대 알 수 없으니까 말이다. 어쨌든 그때마다 그 자식은 웃으면서 약간은 쑥스럽다는 제스처를 하면서 취한 것 같아 데려다준 것뿐이라고 말했었다. 난 아무것도 모르고 너까지 놀렸었어. 그 형 괜찮으니 잘해보라고 하면서 말이야.

사실 그 자식은 키도 크고 운동도 잘했다. 근육질 몸에 얼굴은 하얗고 안경을 쓰고 있어 지적으로 보이기까지 했으니까. 그런데 그랬단 말이지? 난 너를 놀리기까지 했는데. 네 마음이 어땠을까?

그런데 유진아. 왜 지금 와서 네가 이런 말들을 하는지 솔직히 난 모르겠어.

너는 이미 죽고 없는데, 이 이야기들이 중요하니?

> 다음 날, 현우 선배를 우연히 만났어. 난 아무 이야기 하지 않았는데, 자긴 술에 많이 취했었다고 잘 기억나지 않는다고 말하더라. 시퍼렇게 멍든 입술을 하고 말이야. 우스웠어. 그런 생각을 해 봤어. 내가 만약 이 편지를 쓰는 지금이라면 그 자식 앞에서 애송이 녀석이라고 비웃어 줄 수 있었을 텐데. 하고 말이야. 아니지… 이미 그런 일을 겪었으니 나중에는 이렇게 해줘야지, 라고 생각할 수 있는 거였네….
>
> 처음 겪는 모든 일은 제대로 대처하지 못해… 어쨌든 우리 과 학생이라면 누구나 그 선배를 착하고 좋은 사람이라고 알고 있겠지? 가슴이 답답해. 만약 그 사람이 나를 진심으로 좋아해서, 너무 사랑해서 한순간 절제하지 못했다면 난 조금이라도 용서해 보려고 시도는 해보았을 거야(김밥 속의 당근 정도로 말이야). 물론 그런 마음이 있다고 해도 그런 행동을 하는

건 절대적으로 잘못한 것이지만….

나도 답답해. 그런데 왜 이제야 이런 말들을. 그것도 이렇게 일방적으로. 모르겠어.

윤아. 이제부터 시작이야 내 이야기는. 여기서부터 시작된 것 같아.

시작…?

몰랐어. 내 인생이 이렇게 될 줄 말이야. 이런 식으로 짓밟히게 될 줄은 몰랐어. 내 삶이 이런 방식으로 또 이런 방향으로 흘러가게 될 줄은 생각도 못 했어. 만약에 내 삶이 이렇게 될 줄 알았다면 난 이런 삶을 피해갈 수 있었을까? 다른 길을 선택해서 갈 수 있었을까?

아무도 널 짓밟지 않았어. 그렇게 말하지 마. 괴로워…. 이건 그냥 미친개한테 물린 거야. 나도 이런 이야기가 있는지 몰랐어. 그런데 이게 시작이라고 말하지 마. 두려워. 나도 모르는 또 어떤 엄청난 이야기가 숨어 있는지 말이야. 이게 전부라고 말해줘. 제발….

편지를 봉투에 다시 집어넣으려고 하는데 사진 한 장이 톡 발밑에 떨어졌다. 나는 그것을 주워들었다. 더 이상 심장이 요동치지 않았다. 그 애가 귀신이 되어 먼 곳에서 나를 바라보고 있을 것 같은 두려움도 없어졌다.

아니 귀신이든 뭐든 좀 만났으면 싶었다.

그 애에게 첫 키스가 언제인지 물어본 적 있었다. 난 사실 고등학생 때, 더 빠르다면, 중학생 때 해보았을 것이라 짐작했다. 나 같은 녀석의 머리 계산으로는 그저 그때가 키스하기에는 너무 이른 나이라고 생각했고 그 애는 그 너무 이른 나이부터 다 해봤을 것이라 생각했다. 그녀는 머뭇거렸다. 머릿속으로 빠르게 계산을 하고 있는 것이라 여겼다. 언제라고 이야기해야 적당할까, 안 해봤다고 하면 거짓말인 거 뻔히 알 것이고…. 그녀가 나를 사귀기 전 그해 학기 초라고 대답했었다. 난 거짓말하지 말라고 솔직히 말해 보라고 웃었다. 여자들은 원래 과거에 대해 거짓말을 한다고 들어왔기 때문에 믿지 않았었다. 여자 과거에 대해 알고 싶어 하는 것조차 어리석은 짓이고 속이 좁은 놈들이나 하는 것이라 생각했는데. 난 적어도 그런 부류는 아니라고 생각했는데.

나도 별수 없는 그런 부류였다. 아닌 척했을 뿐이지. 그녀는 진지하게 그때라고 말했다. 학기 초라면…. 지섭 선배? 난 고작 열흘 사귄 지섭 선배와 키스를 했다는 것에 조금 놀랐지만, 짐짓 아무렇지 않은 척했다.

빨리도 했다는 말이 목까지 차올랐지만, 화제를 바꾸었다. 그런데 지섭 선배가 아닌 현우 그 자식을 말하는 거였지? 그렇지?

이런 걸 설명해야 한다니 우습지만…. 그런데 유진아, 그런 건 키스가 아니야. 네 말대로, 키스를 흉내 낸 폭력이지. 지금은 너무 늦었지만 그래도 혹시 내 생각이 너에게 전해진다면 좋겠다. 그런 건 폭력이라고 하는 거야.

지금 내가 기대고 있는 이 벽에서… 그랬다는 거지?

그 애의 얼굴이 떠오르자 다시금 주먹에 힘이 들어간다. 이 주먹으로 그 자식을 내리치겠어. 그래, 처음부터 내 주먹의 목표는 벽이 아니라 그놈이었기에 나 자신을 컨트롤할 수 있었던 것이다.

빗방울이 후두두 떨어진다. 난 사진과 편지를 품에 넣고 다시 학교 쪽으로 걸어갔다. 세탁소는 이미 불이 꺼져 있었고 슈퍼 아주머니가 느릿느릿 가게 문을 닫고 있었다. 차에 올라타 불을 켜고 다시 사진을 보았다.

낡은 테이블과 의자. 일반 가정에 있는 것은 아닐 듯싶었다.

확실히 아니었다. 테이블 한쪽에는 수저통과 휴지가 있었고 그 위로는 사진이 하나 걸려 있었다. 약간 바랬고 귀퉁이가 떨어져 나가긴 했지만 바다였다. 폭풍우가 몰아치는.

왠지 낯이 익은 사진이었다.

첫 번째 사진에서 이 우편함을 찾아 편지를 꺼내야 했듯이 우선은 이 사진 속의 장소를 찾아야 할 것이다. 낡은 사진이 걸려 있는 그곳을 말이다.

피곤하다. 하루아침에 너무나 많은 것이 달라졌다.

모든 사람을 다 속이고 자살이라니. 헛웃음이 나온다. 왜 그랬니? 네가 나에게 알려준 길로 가다 보면 알 수 있는 거야? 눈을 감으니 그 애의 웃음소리가 들리는 듯했다.

어느 봄, 벚꽃이 흐드러지게 피던 날 우리는 새벽부터 만나 장을 보고 유진이네 집에서 김밥을 쌌다. 그 애는 그 지난해 봄, 벚꽃이 진 다음 날부터 벚꽃 놀이를 가고 싶다고 노래를 불렀었다. 사실, 그런 곳에 가면 사람한테 치이고 좋은 자리를 맡기 위해 신경을 써야 하기 때문에 여간 피곤한 게 아니었기에 그 애가 벚꽃 애기를 꺼낼 때마다 이 핑계, 저 핑계를 둘러대며 가지 않았었는데 군대에 가니 그런 것 또한 새삼 그리워졌다. 마침 벚꽃이 피는 주에 휴가가 걸려 나갈 수 있었고 그 애 소원을

풀 수 있었다.

새벽에 만난 그 애 얼굴이 까칠해 보였다. 그 전 휴가 때보다 야위어 있었다. 감기몸살로 며칠을 앓았다고 했다. 그러면 집에서 쉬자고 했더니 고집을 부려 장을 보고 그 애 집으로 갔다. 나보고는 아무것도 하지 말라며 바닥에 앉아 김밥을 말기 시작했다. 미리 해놓은 밥에 소금과 참기름, 깨를 넣어 간을 했고, 당근을 길게 썰어 프라이팬에 달달 볶았다. 계란을 풀어 지단을 붙인 뒤 길게 썰었고 그 애가 싫어한다는 오이까지 썰었다. 김밥 먹을 때마다 젓가락으로 쏙 빼놓고 먹지도 않으면서 왜 넣는지 물어봤더니 오이를 넣어야 색깔이 이쁘다고 말했다. 그리고 햄과 단무지, 치즈까지 넣고 김밥을 말기 시작했다. 난 한 손으로 턱을 받치고 옆으로 누워 그 애가 하는 것을 지켜보았다. 너무 진지해서 귀여웠고 웃음이 났다. 분명 서툰 솜씨인데도 나에게는 많이 해봤다는 듯이 보이기 위해 애쓰는 게 역력했기 때문이다. 고양이 캐릭터 도시락통에 김밥을 채우고 방울토마토와 키위를 넣고 음료수까지 챙겨 집을 나섰다.

그 날은 주말이 아니라 아무래도 한산할 것이라는 생각이 들었다. 우리는 경복궁으로 향했다. 날씨가 생각보다 쌀쌀했지만, 벚꽃은 흐드러지게 피어 있었다. 준비해 간 삼각대를 설치하고 사진을 몇 장 찍은 다음에 호수가 보이는 벤치에 앉아 도시락을 먹었다. 그 애는 아직 쌀쌀한 봄 날씨에 달달 떨었지만 즐거워 보였다. 옆에서 보니 얼굴 살이 더 빠져 보였다.

그때, 노란 옷에 노란색 모자를 쓴 꼬맹이들이 단체로 지나갔다. 유치원에서도 벚꽃 구경을 온 모양이었다. 그런데 앞장서서 아이들을 통솔하던 선생님이 우리를 손가락으로 가리키더니, '여러분은 저 사람들처럼 궁 안에서 음식을 먹으면 안 돼요. 알았죠?'라고 말을 하는데…. 아이들은 우리를 이상하게 보더니 다시 참새 짹짹, 강아지 멍멍하며 지나갔다. 난 창피해서 얼른 도시락 뚜껑을 닫는데 그 애가 고개를 뒤로 젖히면서 까르르하고 웃었다. 그 웃음소리가 지금 들린다. 웃음소리가 예뻤다. 그 소리를 들으면 뿌듯했고 행복했다. 그 애가 웃으면 세상을 다 가진 것 같은 때가 있었는데…. 그리고 그 애가 웃은 게 언제인지 모르겠다. 그때처럼 까르르 소리 내서 웃는 모습을 본 기억이 없다.

4

쓸쓸한 바다를 보며

품 안에서 사진을 꺼냈다. 내 기억 속에서, 고생하며 살아왔다고 말하는 거친 손이 그 낡은 테이블 위에 소주병을 탁하고 놓는다. 취한 것 같으니 이것만 먹고 가라는 투박한 목소리가 들리는 듯하다. 이 사진 직접 찍으신 거냐고 물어보니 아들이 찍었다는. 아주머니의 고향 바다라고 했었다.

그래, 거기야. 학교 앞 좁은 골목길에 있던 술집. 테이블이 네 개쯤 되려나. 군데군데 낙서가 쓰여 있었던, 주로 누구누구는 연애한대요, 혹은 누구 왔다 감. 이런 것이었지만.

나도 가끔 갔었던 곳이다. 다른 곳보다 소주가 천 원이 쌌고 안주는 오천 원을 넘지 않아서 학생들이 많이 가던 곳. 아주머니는 무뚝뚝하고 투박했지만, 정이 많아 시원하고 얼큰한 콩나물국을 푸짐하게 퍼주고 다음 날 그 집 앞을 지나가면 속은 괜찮은지 물어봤던. 비 오는 날이면 불러다가 우산살이 삐죽 튀어나온 비닐우산을 빌려주었던 그 술집이다.

이번엔 여기인가?

새벽 한 시. 늦은 시간이지만 술집을 가기에 늦은 시간은 아니다. 밖에서 들여다보니 아직 학생들로 북적이고 있었다. 사진 속 테이블 자리 역시 남자 둘이서 술을 마시고 있었다. 아무래도 저 사람들이 일어설 때까지 기다려야 할 듯싶다.

생각해보니, 그 사진을 직접 찍었느냐고 물어본 사람은 그 애였다. 폭풍우가 몰아치는 그 바다가 너무 쓸쓸하고 슬퍼 보인다고 말해서 나를 어이없게 만들었는데. 술에 취해서 그런 말을 한다고 생각했는데. 어째서 그 애는 무섭다거나, 긴박하다는 생각을 하지 못하고 쓸쓸하고 슬퍼 보인다고 했을까? 다 떨어져 나간 귀퉁이에 붙여 놓은 테이프를 다시 손으로 꾹꾹 누르며 벽에 붙였던 기억이 난다.

"안 들어오고 뭐 해?"

"네?"

밖에서 서성이는 나를 보았는지 아주머니가 열려있던 미닫이문으로 나오신다.

"저 그냥."

하고 돌아서는데.

"찾으러 왔지?"

귀신같은 아주머니. 어떻게 알았지?

"들어와 앉아."

난 술집 구석, 아주머니가 일하다가 잠시 쉬는 자리에 앉았다. 알고 있을까? 나 말고도 아는 사람이 있는 걸까?

"그 여학생이 숨겨 놓은 거 찾으러 왔지?"

대답이 선뜻 나오지 않았다.

"맞는데 뭘."

"네, 뭘 좀 찾으러 왔는데…."

난 그 사진 쪽으로 고개를 돌리며 말했다. 분명 저 자리에 있을 것이다. 누가 보기 전에 내가 먼저 봐야 한다. 그리고 그것은 무조건 저 자리에 있어야 했다.

"며칠 전에 혼자 왔었어."

유진이와 몇 번 와본 적 있긴 하지만 기억하고 있을 리 없다고 생각했는데. 이 술집을 드나드는 학생이 얼마인데 와서는 소주 한 병도 채 마시지 않고, 오랜 시간 앉아 있지도 않은 우리들을 기억할까.

"그 예쁘장하고 인사 잘하던 학생… 저 바다 사진 누가 찍었느냐고 물어봤었잖아"

그래, 다들 예쁜 걸로 기억할 만큼 예뻤지. 한 번 보면 잊히지 않을 만큼 예뻤다. 그래, 인사도 잘했었지. 편의점이고 세탁소고 들어서면 씩씩하고 밝게 인사했었다. 인사를 잘하는 턱에 편의점 아저씨는 유통기한이 얼마 남지 않은 삼각김밥을 챙겨 주었고, 세탁소 아저씨는 드라이클리닝을 맡기면 수선은 그냥 해주곤 했다.

"여기에 언제 왔었는지도 기억하세요?"

"일주일인가 열흘 전인가…. 그래, 지난주 월요일에 왔었어. 내가 월요일마다 보는 드라마가 있는데 그거 할 시간에 왔었거든. 혼자서…."

혼자… 술집에… 그것도 여자가…. 여럿이 몰려서 오는 이곳에 혼자 왔었다니.

갑자기 누군가 내 위를 쑤시는 듯이 아팠다.

"계속… 혼자 있었어요?"

"혼자 왔다가 혼자 갔어. 술 한 병이랑, 찌게 하나 시켜 놓고 앉아 있었어. 술 마시러 온 건 아닌 것 같더라고. 여자애 혼자 앉아 있으니 주변에서 남자애들이 어찌나 쳐다보고 수작을 걸려고 하는지…."

난 그 애가 앉았던 테이블을 쳐다보았다. 누구라도 그 애를 쳐다봤을 것이다. 말을 걸고 싶어 안달이었을 것이다. 그렇지만 그 애는 슬픈 눈을 하고 있었을 것이다. 이번엔 또 어떤 이야기가 나올까. 두려웠다. 식은땀이 흐르고 입가가 바짝바짝 타들어 갔다.

"그래서요?"

"저 사진 뒤에다 뭘 집어넣더라고. 그리고 자기가 가지고 온 테이프로 사진 둘레를 다시 붙였어. 뼹 돌려가면서. 뭘 하는 건가 싶어서 가만히 있었지. 처음에는 술에 취해서 저러는가 싶었는데. 그건 아닌 것 같고…. 그러면서 묻더라. 아주머니, 이 사진 계속 걸어두시면 안 돼요? 떼지 않으실 거죠? 이러고 묻더라고. 영문은 모르겠지만, 어차피 나도 그 사진은 뗄 생각이 없었으니 내 그러마 했지."

"무슨 일이 있는 것 같진 않아 보였어요? 아프다거나… 아니면…"

죽을 생각을 한다거나.

"그런 건 모르겠고… 누가 찾으러 올 때까지 절대 떼지 말라고 그 얘기만 하더라고."

아까와 똑같은 흰색의 편지 봉투를 테이블 위에 올려놓으셨다.

"애들이 술 먹다가 사진에 손댈까 봐…. 내가 가지고 있었어. 중요한 것 같길래. 도대체 뭐길래 이 사람 많은 술집에 숨긴 거야…. 뭐 중요한 거야?"

할 말을 찾고 있던 차에 다른 테이블에서 손을 들며 아주머니를 찾는다.

"이모, 여기 꼼장어 하나 해주세요."

"너희들은 방학인데 집에 안 가냐."

"취업 준비해야죠."

"집에 가서 엄마 밥 먹으면서 준비하면 더 편할 텐데 왜 집에들 안 가고."

"눈치 보여서 더 불편해요."

아주머니가 꼼장어를 만들기 위해 자리를 뜬 다음, 난 편지를 뜯었다. 이곳에는 무슨 일이 있었을까? 빌라 앞에서 그 애가 당한 일을 생각하니 또 위가 쓰셔왔다. 그런 내용은 더 이상 없길 바라며.

> 내가 부른 그 사람이 이 편지를 읽고 있다면 좋겠어. 만약 그 사람이 아니라면 이 편지를 다시 봉투에 넣고 사진 뒤에 넣어 두길 바랄게. 진심으로(테이프로 붙여 주면 더 좋겠어. 이 사진은 너덜너덜해져서 잘 떨어지거든. 그리고 사진 찢어지지 않게 조심해 아주머니 아들이 직접 찍은 하나밖에 없는 사진이야). 호기심에 끝까지 읽는 것까진 용서할 테니 제발 사진 뒤에 원래 있었던 것처럼 두고 가는 것을 잊지 말아줘. 믿을게.

내가 읽고 있어 걱정 마…. 유진아. 왜 여기다 넣어 두었어? 다른 사람이 먼저 찾아 가로챌 수도 있는 데 말이야. 그러다 웃음이 난다. 그 애가 그다음에 할 말이 분명하기 때문에. 넌 이렇게 말하겠지?

난 분명 받는 사람에 정윤이라고 써놓았는데 왜 다른 사람이 읽어?

한 번은 강의실 복도에 있는 유진이의 사물함에 있던 전공 책이며 입술에 바르는 것과 같은 조그만 화장품 등이 모조리 없어진 적 있었다. 울상이 된 그 애를 달래다가, 다음에는 번호로 잠글 수 있는 자물쇠로 바꾸자고 말을 했다. 그 애는 나를 쳐다보며 원래 자물쇠는 없었는데, 라는 말을 했다. 난 어이가 없어서, 그러니까 누가 다 가져가지, 라고 말하며 그 애를 탓했다. 그러니 자물쇠를 달고 평소에 잘 관리했어야 해지 않았느냐고. 그런데 그 애 하는 말이, 여기에 내 이름이 쓰여 있는데 왜 다른 사람이 가져가냐고 했다. 자물쇠를 달지 않은 게 잘못이 아니라 다른 사람의 것이 분명한데도 가져간 게 잘못이라면서.

누가 이 아이를 이토록 아프게 만들었을까?

그리고 이 아이는 왜 이렇게 날 아프게 했을까.

> 여기 기억나? 너랑 내가 몇 번 왔던 곳인데. 네가 우리 집에서 자던 날, 가끔 소주가 마시고 싶을 때면 이곳에 왔었는데. 난 이 바다 사진이 참 좋아. 넌 어때?

이 바다 사진이 좋은지 어떤지는 모르겠지만, 너랑 왔던 기억은 나. 시험 끝나고 피곤해서 너희 집에 가 늦은 오후부터 둘 다 자다가 밤에 깼을 때 출출하기도 하고, 시험이 끝났다는 기분을 만끽하고 싶기도 해서 한잔하려고 여기 왔었잖아.

한 번은 네가 너무 취해서 내가 업고 갔었는데. 넌 계속 무겁냐고 물어보고 난 하나도 무겁지 않다고 말했었고. 나 무겁지? 아니 안 무거워. 나 무겁지? 안 무거워…. 나 무겁지?…. 그러다 조용해서 잠깐 걸음을 멈추니 새근새근 자고 있더라. 내 등에서…. 너를 업고 올라가는 언덕길이 영원히 끝나지 않았으면 하는 생각을 했어. 이 길을 우리 둘이 가로등을 불빛 삼아 계속 걸어갔으면 했어….

첫 번째 편지는.. 좀 충격이었을 거야 너에게.. 그렇지만 지금부터 마음을 단단히 먹어둬. 아니 어쩌면 넌 더 이상 내 일에 아무런 감정이 없을지도 모르겠다.

그렇게 말하지 마. 미쳐버릴 지경이니까.

현우 선배 일은 그 후로도 한참이나 나를 괴롭혔어. 내가 잘못한 건 아니지만, 왠지 나도 잘못한 느낌을 지울 수 없었어. 한동안 생각도 많이 했어. 자려고 누워도 그 생각이 계속 들었어. 내가 그럴 만한, 혹은 그렇게 오해할 만한 행동을 한 것은 아닐까 하고. 그런데 내 사소한 행동과 말투까지 모두 생각해 봐도 난 그런 적이 없었어.

하지만 대부분의 사람들은 나에게도 잘못이 있다고 생각하겠지? 원인이 있으니 결과도 있다고 생각하니까. 아니 땐 굴뚝에 연기 날 리 없다는 옛날 속담까지 들먹이면서.. 속담이란 옛날부터 내려온 것이고 조상의 지혜가 담겨 있으니 다 맞는 말처럼 사람들이 생각하나 봐. 그 속담을 근거로 대면서 내가 원인 제공을 했다고 생각하겠지? 현우 선배가 보여준 결과가, 술자리에서 내 허벅지를 쓰다듬고 집까지 쫓아와 그런 행동을 한 것이라면, 그 원인은 내가 제공한 것이라고… 치가 떨린다.

나도 치가 떨려. 이 일에 대해서는 네 말을 전적으로 믿어. 잘못한 것 없어. 이 일로 괴로워하지 마. 어떤 일에는 그 이유가 없을 수도 있다는 걸 이제야 깨달았어.

그냥, 그렇게 되었구나, 라는 일이 있을 수 있다는 걸 알았어. 그냥…. 그냥 말이야. 특히나 남자가 여자가 원하지 않는데 그렇게 행동하는 데는 이유가 없어. 그냥 그러고 싶으니까 그런 거야. 그리고 그 어떤 변명과 핑계는 용납되지 않는다고 생각해.

내가 이렇게 생각했던 사람인가 싶다. 이런 문제에 대해 생각해보지 않았던 것 같은데. 그 애니까 나를 이렇게 생각하도록 만든다.

그 후, 난 좋아하는 사람이 생겼어. 너도 알 거야. 지섭 선배… 남자답고, 성실한 스타일이었지. 과에서 여자 문제도 없었고, 좀 보수적이고 자존심이 강하긴 했지만, 오히려 그런 점이 좋았어. 그런데 이게 웬 행운이었을까. 그 선배한테 고백을 받은 거야. 너 그거 알아? 내 주위에서 얼쩡거리고 쭈뼛거리는 녀석들은 많았지만 실제로 고백을 한 건 그 선배가 처음이라는 거. 나는 기뻤어. 난생처음 받아보는 고백에, 게다가 내가 좋아하는 사람이라니.

처음 받아보는 고백이라고? 너는 점점 나를 놀라게 하는구나. 너는 늘 남자애들에게 둘러싸여 고백받는 일이 밥 먹는 것처럼 일상적이고, 사랑받는 일에 익숙한 아이일 거라 생각했어. 그래서 내가 아무리 널 좋다고 해도, 매일 나누는 인사처럼 좋아한다고 말해도 끄떡도 없는 줄 알았는데….

"술 좀 줄까?"

이곳이 술집이라는 것을 잊고 있었다. 주위를 둘러보니 여전히 시끄러운데 내 귀에는 하나도 들리지 않았던 것이다.

"네. 그리고 김치찌개 하나 해주세요."

"먹고 싶은 거 마음대로 먹어. 오늘은 내가 특별히 쏠 테니까 그 여학생 봐서…. 이쁜 게 인사도 잘하고 싹싹하지. 요즘 그런 여자 없어 알지?"

아주머니가 나를 툭 치며 말한다. 그 말에 또다시 대답할 수 없었다. 그런 여자…. 유진이 같은 여자.

그래 없을 것이다. 없다. 나를 그렇게 상처 준 여자…. 없을 것이다.

> 난 고백을 받아들였고 그 선배는 좋아했어. 우리는 연인이 되었다는 걸 사람들한테 언제 말할까를 생각하며 행복했어. 데이트도 마음대로 할 수 없었어. 나중에 이 비밀연애에 대해 생각했을 때 왜 굳이 비밀로 시작했지, 라는 의문이 들더라. 어쨌든 이 연애는 중간고사 기간이라 도서관에서 서로의 책상에 커피를 놓아두거나 나를 집에 데려다주는 게 고작이었어. 그 열흘 동안 손 한 번 잡은 적 없었어.

그래, 지섭이 형은 그런 성격이지. 보수적이야 특히 여자에 대해서는. 그랬구나. 그때라면 난 벌써 한국에 없을 때구나. 돌아와서도 둘이 사귀었다는 건 한참 뒤에 알았어. 술자리에서 나온 이야기였고 지나갔지.

생각해보니, 내가 그만하라고 했던 것 같아. 너를 좋아한다고, 매일같이 고백을 하고 있는 때였는데 진우가 그 얘기를 하니 속에서 불이 났었어. 열흘이란 말에 좀 수그러들긴 했지만.

왜 기간이 짧게 사귀었다고 하니 안심이 되었던 걸까?
점점…. 나도 참 어쩔 수 없는 놈이라는 생각이 든다.

중간고사가 끝난 금요일, 지섭 선배는 사람들이랑 술 마시러 간다고 했어. 우리 데이트는 토요일, 일요일에 실컷 하자면서. 보고 싶은 영화가 있는지 물어보고 제일 좋아하는 음식은 뭔지 물어봤어. 난 영화 대신 연극이 보고 싶다고 말했어. 지섭 선배는 자기가 다 알아서 할 테니까 오늘은 집에서 푹 쉬라고, 사람들이 술 마시러 나오라 불러도 나오지 말라고 말했어. 누가 날 챙겨주는 기분이 나쁘지 않았어. 집에서 커피를 마시면서 책을 읽고, 밤늦게 텔레비전에서 나오는 영화를 보다가 잠들었어.

토요일 아침, 문자 오는 소리가 들렸어. 내가 기대하는 그 사람이려니 하고 웃음이 났어. 좀 아껴두려는 마음에 샤워하고 나서야 문자를 확인했어. 샤워하는 내내 노래를 흥얼거렸어. 머리를 말리며 문자를 확인했는데.. 내가 기대하는 사람은 맞았어. 그런데.. 그만하자는 문자였어.

계속 들어야 되니 지금 이 이야기를? 연애 얘기를 듣자는 게 아니다. 그리고, 듣기 싫다. 다른 남자 때문에 설렜단 이야기를 내가 왜 듣고 있어야 하는지. 이런 얘기를 하면 아직도 널 잊지 못하기 때문이라고 생각들 하겠지만…. 그래 그것도 어느 정도 맞는 이야기지만 그런 순애보는 아니다.

지금 생각하면 그만하자고 하는데 뭘 그만하자는 건지. 뭘 했다고, 뭘 어쨌다고 저런 말까지 필요했는지 모르겠어. 어쨌든 그만하자는, 제대로 시작도 안 한 것 같은 이 연애를 그만두자는 이유를 알지 못했어. 그 전날까지도 데이트 계획을 짜면서 흥분된 목소리로 통화했는데 다음 날 그만하자니. 전화를 걸었어. 신호가 가다가 끊겼고 몇 번이고 다시 했어. 나중엔 전화기가 꺼져 있더라. 그 주 주말을 아무것도 하지 못하고 지섭 선배에게 전화하고 문자를 보냈어. 단 한 차례도 통화하지 못하고 단 한 번도 답문을 받지 못했어.

그럴 사람이 아니야. 언제나 명확하고 분명해. 무슨 사정이 있었나 보지.

믿었어. 그럴 사람이 아니니까. 뭔가 오해가 있거나 사정이 있을 거라 생각했어. 만약 헤어지자는 말이 사실이고, 그 결심이 변하지 않는다고 해도 내가 납득할 만한 설명을 해 줄 거라 생각했어. 하루를 사귀든, 십 년을 사귀든 그것이 예의라고 생각하니까 나는….

전공 수업시간에 만나도 선배는 나를 피했어. 내가 강의실에 있으면 나를 피해 복도에서 전화를 걸거나, 다른 사람에게 인사를 하며 지나가는 지섭 선배를 보는 게 힘들었어. 적어도 나는 이유라도 알고 싶었어. 사람 마음이야 변할 수 있는 것이라며 스스로 위안하면서… 적어도, 적어도 말이야. 이유는 알아야 했어. 다른 선배들을 찾아가서 물어봤어. 피하기만 할 뿐 말해주지 않았어. 답답했어 나는….

그래 맞아…. 넌 이해할 수 없겠지만, 때론 그렇기도 해. 아무 이유 없이 모든 일이 흘러갈 때가 있어. 사람이 좋아지는 데 이유 없듯이 싫어지는 것 또한 이유가 없을 때도 있어. 당연하잖아? 늘 변하는 게 사람 마음이니까. 마음이 하는 일을 설명하고 납득 시키는 게 될까? 그건 머리로 하는 일이잖아. 남녀 관계라는 게 그런 건 가봐. 주위를 둘러봐도…. 싫어지고 좋아지는 건 이유가 없어. 싫어졌는데 다른 핑계를 대고 있다고 나는 생각해. 상대도 속이고 자신도 속이는….

우리 사이에는 그 이유가 명확했지만 말이야. 그래서 우리는 되돌릴 수가 없었어.

그 이유를 분명히 알기에 다시 잘 될 수가 없었어.

"그런데 왜 따로따로 와? 그것도 혼자서? 뭔 일 있었어?"

소주와 김치찌개, 곁들이 안주로 내 온 오이와 초고추장이 보인다.

그 애는 오이를 싫어했었다. 고등학교 때 수학 여행을 갔는데, 친구들이 김밥 속의 오이만 빼서 사발에 넣고 소주랑 섞어 먹였다고 했다. 편식이 심하니 친구들은 술김에 좀 나아지라는 나름 좋은 뜻이었지만 그렇게 먹고 변기통을 붙들고 토하는데 오이만 나왔다고 하면서 정색을 했다.

언제 한 번 그 애의 친구들과 술을 먹는데 한 친구가 장난을 쳤다. 자기가 주는 오이를 한 입 베어 먹어보라면서, 안 먹으면 십 년 우정 다 허사라고 넌지시 겁을 주었다. 유진이는 죽어도 싫다는 표정을 하면서도 눈을 질끈 감더니 못 먹을 걸 먹은 것처럼 씹어 먹었다. 부러웠다. 나도, 나를 정말 좋아하면 내가 주는 오이를 먹어보라고 해보고 싶었다.

참 우습다. 그렇지 않아? 나는 널 정말 싫어하는데, 그런 네가 세상에 없으니 자꾸 생각이 나니까. 어디선가 잘살고 있으면 그냥 미워만 할 수 있을 텐데, 볼 수 없다고 생각하니 보고 싶어져….

우리가 헤어졌던 이유들이 하찮게 느껴져.

지금 생각해보면 내가 지섭 선배를 너무나 좋아해서 그랬던 게 아닌 것 같아. 그냥 갑작스럽고 일방적인 통보에 그래, 오기가 났었던 거야. 이유를 알면 뭐 달라지나? 덜 속상하고 마음이 안 아픈가? 그런 게 아닌데. 그냥 난 한 번이라도 제대로 보고 싶었고 아니 어쩌면 나를 마주하면 마음이 달라질 수도 있다고 생각했고, 그 기회를 가지고 싶었어. 기회조차 주지 않는 건 헤어지자는 결심이 흔들릴까 봐 나를 더욱 밀어내는 거라 혼자 생각하면서… 사람이 있잖아. 한 가지에만 집착하다 보면 멋대로 상상하고 판단하고 그렇게 되는 거 있지….

그리고… 이유를 알았어. 차라리 몰랐으면 좋았을 텐데.. 나의 집착이고 오기라고, 사람 마음이 변할 수도 있는데 그걸 몰랐구나 하고 그렇게 생각했을 텐데.. 바로 이 술집에서 말이야. 가을이 시작되려고 하는데… 그러니까 지섭 선배랑 헤어진 게 봄이었고, 여름도 지나 가을이 시작되려고 하는 그날 알았어.

수연이가, 자기한테 뭐 얘기하지 않은 거 없는지 계속 물어보는 거야. 무슨 말이냐고 되물었더니 그 말만 해. 자기한테 얘기할 거 없는지.

무슨 일이냐고 물었어. 그 당시에 내 생활은 지극히 평범하고 무난해서 조그마한 사건도 일어나지 않았거든. 조용하고 평화로웠어. 학기가 조금 지나니 술자리에 부르는 사람도 적어졌고(사실 거의 없었고), 덕분에 난 내 생활을 유지할 수 있었고, 또 같은 과에서 더 이상 날 좋다거나 하는 사람도 없으니 편했어.

그런데 있지, 내가 평화롭다고 느꼈던 그때 이미 나는 따돌림을 당하고 있었어. 바보같이 나만 모르고, 삶에 여유가 생겼다고 좋아했지. 어쨌든, 수연이에게 말했어. 무슨 일인지 몰라도 너에게 얘기하지 않았다면 극히 사소해서 나조차도 기억나지 않는 일일 것이라고. 수연이는 한참 뜸 들이다가 이야기를 꺼냈어. 수연이랑 승우 친한 거 알지? 승우가 그러는데 학교 익명 게시판에 올라왔대 내 이야기가….

익명 게시판. 자취할 방이나 괜찮은 알바 자리, 학교 근처 맛집, 연예인에 대한 루머, 우리 학교 누가 예쁘다, 그리고 00과 '누구'는 사생활이 이렇다더라 하는…. 그런 게시판이다. 게시판에 올라온 '누구'에 대한 이야기는 나도 들어본 적 있다. '누구'라고 이름을 언급하지 않아도 그 글에 나타난 모든 정보를 종합해보면 '누구'인지 알 수 있는. 쓰레기 같은 글인 줄 알면서도 계속해서 읽게 되는 흥미 있고 자극적인 소재의, 후기 좀 올려달라고 댓글이 달리는 '누구'에 대한 이야기.

게시판 내용을 얘기하자면, 0월 0일에 신방과랑 축구 시합을 한 OO과 남자들이 끝나고 술을 마시러 갔대. 거기서 누가 이쁘네, 섹시하네 그런 얘기들을 했나 봐.

그래. 여자애들이 없는 술자리에서 남자들은 여자 이야기를 해. 무슨 이야기를 시작해도 여자 얘기로 끝나지. 누구는 예쁘더라, 섹시하더라, 이 정도는 우스워.

남자들은 늘 여자 생각을 하고 늘 여자 이야기를 해.

거기서 남자애들 몇몇이 내가 예쁘다고 그랬나 봐.

말했잖아. 너는 누구에게나 예뻐 보인다고.

거기까지만 말하면 되었는데. 그중 한 명이 날 하얀 백합 같다고 말했었대. 내가 흰 원피스를 입고 지나가는 걸 봤다면서… 걔도 웃겨. 왜 그런 비유를 해서… 정말 닭살 돋아! 그 자리에는 현우 선배(OO과 진짜 착하고 남자들이 믿고 좋아하는 선배, 라고 게시판에는 쓰여 있었대 완전 우웩이야!) 가 있었는데 그 애를 비웃더래. 그러면서, 백합은 깨끗한 여자한테 어울리는 꽃이 아니냐고. 그랬더니 그 사람이 현우 선배한테 나에 대해 얼마나 아는지 물어봤대. 그래서 그 착하고 남자들이 믿고 좋아하는 선배는 당시 신입생이던 여후배(엄청 예뻐서 유명한 애인데 여자랑은 친구도 안 하고 남자만 보면 꼬시려고 해서 00과 사람들이 다 싫어한다고… 나에 대해서는 그렇게 쓰여 있고. 그런데 나였다는 걸 그 글을 본 사람들은 다 알았다는 게 조금 허무하더라. 내가 그랬어? 나 아닌데.)가 취한 것 같아 집까지 데려다주었는데… 거기서….

무슨 이야기인지 알 것 같아. 그만해.
그리고 너 안 그랬어. '엄청 예뻐서 유명한 애'까지만 너야.

내가 유혹했다고 했대. 오빠가 날 데려다준 이유 있지 않느냐 하면서. 내가 자기한테 키스하고 더듬었대. 그 손놀림-정말 역겨운 표현이야, 안 그러니?-이 얼마나 능숙한지 깜짝 놀랐다고. 술에 취해 그런가 보다 하고 자기는 너무 당황해서 그 길로 집에 왔다고 말을 했대. 그때부터 자기는 무슨 오해라도 받을까 봐 아예 피한다고….
확실히 걔는 좀 다르다고 말했대. 그 다르다는 건 도대체 무슨 의미일까.

그렇게 말을 했다고? 미친놈이네! 진짜….

그랬대.. 다들 놀라서 쳐다보는데, 또 한 명이 그랬대. 얼굴값

하게 생겼다고… 어쩐지 이상하더라고. 걔처럼 술자리에 부르면 꼬박꼬박 나오는 애가 없는데 걔는 참 그런 자리를 좋아한다고… 술을 잘 마시지도 않으면서 왜 오는지 몰랐는데 다 이유가 있더라고 그랬대 윤아….

그러면서 나중에 그 여후배가 또 과에서 다른 괜찮은 남자 꼬시려 했다고. (다른 괜찮은 남자 누군지 알겠지? 지섭 선배) 그때도 이 착하고 남자들이 믿고 좋아하는 선배가 말리고 싶었는데 못했다고 쓰여 있더래. 결국, 순진한 다른 남자 선배(이 선배도 엄청 괜찮은 사람임. 하나같이 잘난 남자들이 왜 여자 보는 눈은 그렇게 없는지. 글쓴이가 안타까워했다고 수연이가 자세히도 말해주더라) 그 순진한 다른 남자는 나 같은 애한테 속아 넘어간 거라면서… 대체 속아서 넘어가기까지 한 건 어떤 거니?

정말 그 말에 내가 넘어갈 뻔했어. 어쨌든, 그래서 둘이 사귄다는 이야기를 듣고 만나서 그 착하고 남자들이 믿고 좋아하는 선배가 순진하다는 그 선배한테 모든 걸 다 이야기를 해줬대. 1학기 중간고사가 끝났던 날, 술자리에서… 모든 게 뭔데? 자기가 술집에서 내 허벅지 만지고, 집까지 쫓아와서 강제로 나한테 키스하다가 입술 물린 얘기?

개자식. 너한테 앙심 품어왔던 거야. 만만한 줄 알고 따라 왔다가 입술까지 물리고 거부당했으니 꼴에 자존심이 상했던 거라고. 게다가 자기보다 못하다고 생각한 지섭이 형이랑 너랑 사귄다니 화가 난 거야.

쓰레기 같은 새끼. 여자를 좋아하는 게 뭔지 모른다고. 그 자식은 네 몸을 가지려 했는데, 지섭이 형이 자기도 못 갖는 너를 가진다고 생각한 게 화가 난 거라고.

분명 그렇게 생각했을 것이다. 그런 놈들이 있다. 세상 사람들이 다 자기 같다고 생각하는 얼간이 같은 녀석들이.

> 그래, 거기까지만 해도 좋았을 거야. 그런데 그 순진한 선배가 그랬대. 사실 자기도 나한테 넘어가서, 못 이겨서 이미 갈 데까지 갔다고… 가긴 어딜 갔다고… 웃기지? 손도 한 번 못 잡아 봤는데… 왜 그런 거짓말을 했을까? 그 일을 너무 후회한다면서… 여자애가 적극적으로 그러는데 도저히 어떻게 할 수가 없었다고… 마음도 없이 그러는 애를 보니 자기도 정이 뚝 떨어졌다고… 하… 기가 막혔어. 윤아. 수연이가 이 얘기를 해 주는데… 그 이야기의 주인공이 나라 하는데… 난 마치 다른 사람의 이야기를 듣는 것 같더라.
>
> 넌 지금 내가 하는 말을 믿니?

솔직히. 혼란스러워. 지섭이 형은 왜 그런 거짓말을 한 거야?

그래. 그런 놈들이 있어. 여자와 잠자리를 한 것이 무슨 자랑인 양, 그것이 남자다운 것이라고 생각하는 머리가 이상한 놈들이 있어. 아니, 있는 정도가 아니라 사실 많아. 그렇게 하지 못하는 걸 바보 같다고 생각하는 그런 쓰레기 같은 부류가 있어. 지섭이 형은 지고 싶지 않았던 거야. 그런 충고나 듣는 것도 자존심 상하고, 이미 과에서 그런 일이 있는 여자는, 원래 그러고 다니는 여자인데 사귀자고 해버렸으니 화가 났을 거야. 여기서 지섭이 형이 병신 같은 건, 자기가 넘어가서 그랬다고 말한 부분…. 웃기지도 않네! 그 새끼 진짜. 너를 깎아내리면서 자존심은 지키고 싶고, 자기는 어쩔 수 없이 그랬다며 끝까지 순진한 척을 해? 개새끼가.

그 모든 게 거짓말이라는 건 확실히 알아. 그건 나만이 알지. 너의 첫 남자는 나였으니까…. 나조차도 믿기 힘들었지만. 나였어. 그리고 무척 놀랐었어. 물론 나도 처음이었지만 너는 어느 정도 경험이 있을 것이라 생각했어. 한두 번이라도 나보다는 많을 것이라 생각했어. 미안해…. 사실은 나도 널 이렇게 생각하고 있었나 봐. 어쨌든, 너와 처음 잠자리를 가지게 되었을 때, 걱정했었거든…. 내가 너무 서툴러서, 내가 너무 긴장해서 너를 만족시키지 못할까 봐 말이야. 그래도 내가 남자인데 너를 리드하고 싶었으니까.

기억나…. 너의 레몬색 브래지어. 가운데 작은 분홍색 리본이 달려 있었어. 오른쪽 가슴 위에 있던 작고 까만 점. 왼쪽 팔에 있던 어릴 때 다쳤다는 상처…. 자꾸만 이불로 몸을 감추려 해서 기억나는 건 이게 전부야. 시험 전날이었고, 도서관에서 공부하다 잠깐 눈 붙이러 너의 집에 간 거였잖아. 그 전에도 몇 번 가긴 했지만 그런 일은 일어나지 않았었어. 늘 긴장하고 나 자신을 절제했었으니까….

그런데 그 날은 이상하게…. 상투적이지만, 유난히 네가 더 예뻐 보이고 그랬어. 안고 싶고, 만지고 싶고…. 어떻게 해야 할지 몰라 허둥대는 나를 보면서 네가 비웃을까 걱정하고 식은땀까지 나는데, 너를 보니 역시 긴장하고 내 얼굴을 쳐다보지도 못하고 있었어. 그 자체가 좋았는지, 어땠는지는 기억나지 않아. 그 후에, 너를 안고 아무런 이야기도 나누지 않고 그렇게 있는 게 좋았었어. 너는 뒤돌아 있었고 난 널 뒤에서 안고 있었어….

참 유치하게도 그때 드는 생각이 '내 여자구나' 더라. 나도 어쩔 수 없는 남자인가 보더라. 품에 안으니 그때야 비로소 내 여자라는 생각이 들었으니….

네가 처음이라는 것도 알았어. 나처럼 말이야. 그래서 더 좋았다거나 하는 건 없어. 그냥 이런 건, 음, 그 차이나 마찬가지야. 빵집에 가서 치즈 케이크를 먹느냐, 블루베리 케이크를 먹느냐. 먹는다고 하니까 표현이 이상해졌지만 어쨌든 내 말은 별반

다를 거 없다는 거야. 여자가 처녀든 아니든 말이야. 그런 건 중요한 게 아니니까….

사실, 네가 나랑 잤던 것이 처음이 아니었다면, 난 솔직히 지금 네 말을 의심했을 거야. 왜냐하면…. 난 아직도 우리가 헤어졌던 그 이유에 대해서. 너를 완전히 용서한 게 아니야. 네가 만약 살아있다면 조금도 용서하지 못했겠지. 네가 그나마 세상에 없으니 용서하려고 하는 것뿐이야. 이 정도라 미안해…. 자꾸 난 너에게 미안해….

> 걱정이 좀 돼. 내 말을 네가 온전히 믿어줄까? 넌, 내가 한 짓이 있으니 나를 믿지 못하겠지? 그게 슬퍼 윤아… 차라리 그때 너에게 다 말할 걸.. 다 설명할 걸 그게 후회돼. 무서웠어…. 이미 너는 나를 믿고 있지 않았으니까… 그렇지만.. 진실을 말해도 달라질 건 없어 보였으니까… 어쨌든 이 얘기는 다음에 계속하도록 하고….
>
> 현우 선배와 지섭 선배. 그 두 사람은 거짓말을 했어. 자신들의 그 알량한 자존심 때문에 나 하나쯤 희생되는 건 신경 쓰지 않았어. 영향을 끼치지 못할 거라 생각했겠지. 내가 알게 될 거라고 생각하지 못했을 거야.
>
> 그리고 그런 글을 게시판에 쓴 사람… 처음에는 누구인지 알고 싶어서 미치겠더라. 그러다가는 절대 누군지 알고 싶지 않

아졌어. 만약 내가 아는 사람이면? 웃으면서 인사하고 이야기 나눴던 사람이면?

무책임해. 다들 너무 무책임했어.

사람들은 그런가 봐. 내 일이 아닌 일은 아무 것도 아닌 것이라 생각하지. 나만 자존심을 세우면 되고, 나만 진흙탕에서 구르지 않으면 돼. 상대방이 어떻게 되든 상관하지 않아. 자기만 근사하게 포장을 해서 사람들 앞에 내놓으면 그게 전부라고 생각들 해. 남을 진흙탕에 빠지게 하든, 절벽에서 밀든 간에 자신만 깨끗한 옷을 입고, 유유히 이 상황을 빠져나가면 된다고 생각하지. 정말 역겨워.

역겨워. 혼란스럽고 복잡하지만, 갑자기 들이닥친 진실들 때문에 그 속에서 허우적대고 있지만…. 너를…. 믿어. 지금까지 한 말을 믿어. 네 말대로 어떤 사람들은 남이 어떻게 되든 자신만 온전하다면 신경 쓰지 않아. 나를 위해서 남을 짓밟는 건 당연하다고 생각해. 아니, 짓밟는다는 의식조차 없어. 나쁜 짓을 하고 있다는 걸 몰라.

그깟 말 한마디…. 아무것도 아니라고 생각하지. 그 한마디가…. 누군가에게 화살이 되어 심장에 꽂힌다는 걸 몰라.

아니, 알면서도 그럴 수 있겠다. 그 역시 나만 아니면 되니까.

유진아… 왜 이런 일들이 너에게 일어난 거야? 왜 하필 너일까? 아니면, 내가 모르는 것이 또 있어? 내가 아는 여자애들 대부분이 이런 소문을 뒤에 짊어지고 살고 있는 거야? 아니면 누구나 이런 소문을 가지고 있나? 뒤에 자신에 대한 소문을 하나씩 메고 또 누군가를 향해 화살을 겨누고 있는 거야? 난 모르겠다. 왜 이렇게 어려운지…. 그리고 복잡한지….

처음에는 화가 났어. 기가 막혔지. 게시판에 글을 쓴 사람, 그 이야기 속에 나온다는 신방과와 우리 과 사람들… 당장 가서 따지고 싶었고, 한 사람 한 사람씩 붙잡고 진실을 이야기하고 싶었어. 그런데 수연이가 그러더라. 어떻게 그럴 수가 있는지 말이야. 뒤에서 여자애들이 나를 두고 수군거려도 자기는 날 믿었다면서….

나는 그런 적 없다고, 그 두 사람이 거짓말을 했다고 말을 했지만 믿지 않는 눈빛이었어. 그 두 사람이 그런 거짓말을 할 리 없다면서 말이야. 그런 이야기를 지어내어서 자기들한테 득 될 게 뭐가 있냐면서… 그 말을 들으니 음… 전투 의욕을 상실했다고나 할까. 자존심 때문에 나를 두고 거짓말을 하는 사람들, 그리고 누군가의 인생에 대해 생각하지 않고 익명 뒤에 숨어 글을 쓰는 사람들, 그런 거짓말은 믿으면서 나를 믿지 않았던 사람들… 누가 가장 나쁠까? 그 중심에 있는 내가 가장 나쁜 걸까 윤아? 내가 나빠서 내 주위 사람들이 나를 나쁘게 얘기하는 걸까….

어떻게 살아야 조용히 살 수 있게 될까? 그런 생각을 참 많이 했어.

네가 잘못한 건 없어. 얼굴이 예쁜 여자는 얼굴값, 그래 남자 밝히고 헤프게 산다는 그런 편견들이 잘못된 거야. 참 웃긴 얘기인데, 네가 예쁘지 않다면 이런 일들은 일어나지 않았을 거야. 뒤에서 너를 욕한 여자애들 좋아라 했겠지. 예쁘고 성적도 좋고 착한 너에게 그렇게 큰 흠이 있었으니 말이야. 여자로서 최고의 흠이지 우리나라에서는…. 너를 부러워하다가 그런 이야기들을 듣고 누구보다 악랄하게 욕했을 거야. 그런데 그중에서도, '그런 소문에 휩싸여도 좋으니 너처럼 예뻤으면 좋겠다.'라는 생각을 한 아이도 있을 거야. 무슨 얘기 하려는지 알지?

넌 조금도 잘못한 거 없어. 넌 빛나고 아름다운 여자였어. 적어도 우리 둘 사이에 그런 일이 있기까지는…. 그런데 지금 생각해보니 또 그래…. 마음이라는 게 변할 수도 있고 마음이 가는 데 몸도 갈 수 있지 않나 뭐 그런…. 너를 조금씩 이해할 수 있게 되었나 봐.

사실, 화가 나는 것을 억누를 수 없다.

얘가 이렇게 되도록, 어떻게 단 한 사람도 그 옆에 없었을까?

만약 내가 있었다면… 아니다. 장담할 수 없다. 나도 똑같았을 것이다. 이 아이를 욕하고 그럴 줄 알았다면서 쉽게 말을 내뱉고 술을 마시며 안주 삼아 이야기했을 것이다. 그리고 나서는 잊어버렸을 것이다. 내가 이런 이야기를 한 것조차 기억하지 못하며 살아갔을 것이다. 물론 내가 들은 이야기는 하나도 빠짐없이 기억하고, 거기에 나의 상상을 덧붙여서 말이다. 게다가 흥미로워 했을 것이다. 이런 이야기를 다들 좋아하니까. 드러내놓고 좋아한다고 말할 순 없겠지만 분명 흥미와 즐거움을 느끼니 계속해서 이야기되는 것이다. 한 사람을 놓고 욕을 하면 그 주변 사람들은 또 얼마나 친해지던가.

나는… 조용히 살고 싶었어.

조용히 살고 싶었다는 그 애의 글씨는 분명히 꾹꾹 눌러 쓴 것이다. 글자 하나를 써도 마음이 다 보이는 이 아이를 왜 이렇게 힘들게 했을까.

옆에 붙어 있는 바다 사진을 보았다. 폭풍우가 몰아치는 이 바다를 왜 쓸쓸하다고 했을까? 이제야 그 애의 이야기가 중요하게 느껴진다. 아니, 소중하다. 스치듯 한 말에도 나는 그 말을 하게끔 만든 단서를 찾느라 사진을 뚫어져라 쳐다보고 있다.

작은 점처럼 저 멀리 배 한 척이 보인다. 하얀 파도가 모든 걸 집어삼킬 것 같은 바다 한가운데, 천둥 번개가 치는 하늘 아래 작은 배 한 척이 떠 있다. 그랬구나. 바다를 쓸쓸하다고 한 게 아니었어. 저 배 안에 있는 누군가를 말한 거였어. 거대한 바다 위에서 자신이 얼마나 작고 힘이 없는 존재인가를 느끼며 그러면서도 살기 위해, 싸우고 있는 누군가를 쓸쓸하겠다고 그 애는 말했던 거야. 쓸쓸함.

사실 쓸쓸하다는 말은 주변에서 쉽게 들을 수 있는 말이 아니었다. 애인이 없어서 외롭다거나, 외국에 있는 친구가 한국 음식이 그립다거나 하는 말은 들어봤어도 누군가의 입에서 쓸쓸하다는 말은 좀처럼 들을 수 있는 말이 아닌데…. 그래, 기억난다. 쓸쓸하다는 말. 이 역시 그 애가 한 말이다.

그 애와 제주도로 여행 간 적이 있었다. 겨울방학이 시작되기 전부터 우리는 문구점에서 돼지 저금통을 사서 돈을 조금씩 모았다. 내 신용 카드로 비행기 표를 사고, 호텔 예약을 한다고 하니 그러는 건 재미가 없다면서 이렇게 조금씩 모아서 가야 더 기억에 남을 거라며 그 돼지 저금통을 안고 좋아했었다. 우리는 만날 때마다 데이트 비용을 아끼고 그 저금통에 돈을 모았다.

그런 모습이 예뻐 보여 그 애에게 무언가 해주고 싶었고, 여행 마지막 날에 제주도에 있는 가장 좋은 호텔을 몰래 예약했었다. 그리고 한라산 트래킹이 그 호텔 패키지 상품에 포함되어 있었다.

그 날은 날씨가 좋지 않아-유난히 눈이 많이 내리고 바람이 부는 그런 날-가는 게 좀 꺼려졌었는데 그 애는 제주도까지 왔는데 한라산은 가봐야 하지 않겠느냐고 고집을 부려 출발했다. 호텔 로비로 내려가니 단단히 무장을 한 사람들이 얼굴에는 비장한 각오를 띈 채, 한라산 입구로 가는 버스를 기다리고 있었다. 그 애와 나는 두터운 점퍼에 운동화를 신었고 주머니에는 초코바 하나가 전부였다.

사실 나는 조금 겁이 났다. 그 애를 데리고 올라가야 할 텐데 난 그때까지도 산에 오른 적이 한 번도 없었기 때문에 실은 좀 막막했다. 게다가 이런 날씨라니, 덜컥 겁이 났다. 운동화에 아이젠을 끼워야 하는데 이것조차도 당연히 처음 해 보는 것이라, 그 애 앞에서 헤매는 모습을 보이니 창피해서 화만 계속 냈던 기억이 난다. 애초에 이런 날씨에 산에 오르는 게 어리석다느니, 길도 미끄러운데 너도 데리고 가야 하니 힘들다는 등 온갖 불평을 다 쏟아내었다. 그 애가 나에게 의지하거나 기댄 적이 없는데도 말이다. 사실 이 모든 게 내가 겁이 난다는 것을, 그리고 그게 티가 날까 불안한 마음에서 그런 불평이 나온다는 것을 그 애는 몰랐을 것이다. 지금 생각해보면 아무것도 아닌데, 그냥 솔직하게 이야기하면 될 것을. 그때는 왜 그리도 사소한 것

하나까지도 잘 보이고 싶었고, 나는 그 애보다 잘한다는 것을 알리고 싶었을까.

그때도 그렇고, 지금도 역시 나는 그 애보다 나은 점이 하나도 없는 사람인데 말이다.

드디어 목표 지점까지 올랐다. 거기서 삼십 분 정도 휴식을 취하면서 컵라면을 하나 먹은 뒤 다시 산에서 내려왔다. 내려오는 길은 오르는 길보다 힘들지 않았지만, 눈보라 때문에 고개를 들고 갈 수가 없었다. 정말 한 치 앞도 보이지 않았고, 오직 보이는 것이라곤 앞사람의 발뒤꿈치뿐이었다. 그것을 의지하고 뒷사람은 내려와야 했다.

나와 그 애는 점점 멀어졌다. 내 뒤에 따라오고 있던 그 애가 나를 쫓아오지 못하는 걸 느꼈지만 나도 내 앞의 사람을 쫓아가기에 급급해 그 애를 미처 챙기지 못했다. 사실 그 애를 챙기지 못한 그 시간은 몇 분 되지 않는다. 곧 이런 못난 나를 반성하고 그 애를 기다렸다가 같이 내려갔는데 후에 그 애는 말했다.

그 순간이 참 쓸쓸하더라고…. 깜깜한 밤이 아닌데도 하얀 눈 때문에 아무것도 보이지 않는 그때가 쓸쓸했다고 말했다. 눈보라가 휘몰아치는데 보이는 거라곤 앞사람의 희미한 그림자뿐이어서 덜컥 겁이 났더라고. 주위의 모든 풍경이 마치 찍어 놓은 사진과도 같아 자기가 이 세상에 존재하는 마지막 사람이라는 생각에 쓸쓸하더라고.

그래, 그 애는 쓸쓸함을 아는 사람이었다. 누군가 자기 옆에 없어서 느끼는 외로움과는 다른, 인간이기에 느낄 수 있는, 그런 쓸쓸함을 아는 사람이었다. 그리고 그 애는 쓸쓸했다. 그 애가 쓸쓸한 사람으로 세상을 살았다고 생각하니 그 애를 향한 애타는 그리움이 밀려왔다. 그 그리움은 가슴을 파고들 정도로 아픈 후회로 번져 나갔다.

5

얼음 호수에 빠져

식어버린 김치찌개를 떠먹으며 얼마나 많은 술을 마신 것일까. 머리가 깨질 듯이 아파 옆으로 누웠다가, 엎드렸다가를 반복하다가 결국은 일어났다.

"윤아…."

그 애가 내 방 창가에 앉아 달빛을 받고 있다. 언젠가 내 생일인가 우리 기념일인가 입었던 흰 원피스를 입고 있다. 저 원피스 입고 가는 걸 보고 백합이라 했었구나. 괜히 흰색으로 사줘서…. 긴 머리에 살짝 미소 짓고 있는 그 애가 천사로 보인다.

"네가 어떻게 여길 왔어?"

가시지 않는 두통 때문에 얼굴을 찡그리며 그 애에게 말했다.

"떨어질 것 같아. 이쪽으로 좀 와."

난 내 옆자리를 톡톡 치며 말했다. 그대로 두었다가는 떨어질 정도로 위태로워 보였기 때문이다. 그리고 나는 그 애를 좀 안아주고 싶었다. 그녀는 대답 대신 고개를 살짝 흔들었다.

"내가 갈까? 잡아줄게."

"괜찮아."

그 애는 조금 다급하게, 그러나 단호하게 말했다. 난 멋쩍어서 옆에 있던 핸드폰을 집어 들었다. 시간을 보니 아침이라고 하기에는 이른, 그러나 새벽이라고 하기에는 너무나 늦은 그런 애매한 시간이었다.

"윤아…."

난 다시 그 애를 보았다. 아까보다 그 애가 조금 투명하다고 느껴진다. 만지면 잡힐 것 같지 않고 영화에서 본 것처럼 쑥 하고 내 손이 그 애의 몸을 통과할 것만 같았다.

"내가 무섭지 않아?"

슬픈 표정으로 물어본다.

"전혀…."

그 애가 다시 미소 짓는다.

"네가 웃는 걸 다시 볼 수 있다면 좋을 것 같다는 생각을 해."

눈을 떴다. 아니, 눈이 떠졌다. 난 지금 일어난 것이다. 내가 일어난 것도, 그 애가 왔던 것도 꿈이었다. 창문을 바라보았다. 방충망이 있는 창문은 반쯤 열려있었다. 거기에는 모기 몇 마리가 붙어 있을 뿐. 마음이 뒤숭숭하긴 한가 보다. 생전 안 꾸던 꿈을 다 꾸네.

집 근처에 강이 흐르니 좋다. 강변을 따라 좀 뛰고 들어왔다. 아파트 현관을 들어 서기 전 난 우리 동 주위를 어슬렁거렸다.

어젯밤, 그 애는 왔다가 사라졌다. 그게 마치 창밖으로 떨어진 것만 같은 생각이 들어 영 찜찜하다. 바닥에 핏자국은 없는지 꼼꼼히 살핀다.

“뭐 잃어버린 거 있어?”

아, 깜짝이야. 경비 아저씨가 빗자루를 들고 서 있다.

“아니에요.”

“잃어버렸으면 누가 벌써 주워갔겠지, 아까 돌 때는 아무것도 없던데….”

“네. 가볼게요.”

말하며 돌아서는데 아저씨가 한마디를 더 한다.

“중요한 거였어?”

“…….”

“뭔데 그래? 내가 순찰하다가 혹시나 있으면 보관해 둘 테니….”

“찾을 수 없는 거예요. 그럼.”

아저씨가 고개를 갸우뚱하더니 뒷짐을 지고 가던 길을 간다.

돌아서서 생각한다. 지금 내 행동이 얼마나 이상한가. 남들한테 애기하면 정신병원에 끌고 갈지도 모른다. 꿈에 나온, 죽은 여자 친구가 우리 집 앞에 떨어져 누가 주워가진 않았을까 살피고 다녔으니.

집에 들어서니 갓 구운 베이컨 냄새가 진동한다. 평소였으면 베이컨을 우걱우걱 씹으며 동시에 따뜻한 빵에 잼을 잔뜩 발라 먹다가 옷에 흘려 엄마에게 잔소리를 듣거나 했을 텐데 오늘은 아무것도 먹고 싶지 않다.

서랍장 안에 있는 두통약을 한 알 꿀꺽 삼킨 뒤 내 방으로 들어갔다. 그 애가 왔었던, 아니 보였던 그 창문을 닫았다. 그리고 돌아서다가 다시 창문을 열어 두었다. 나마저 이 문을 닫아 버린다면 그 애는 갈 곳이 없을 것 같다는 생각이 들었다.

책상 위에 편지가 보인다. 그 편지가 지금 내게는 너무나 어려운, 그러나 반드시 풀어야 할, 시험에 꼭 나오는 중요한 수학 문제처럼 보인다.

그 애가 내게 남긴 숙제는 사실 버겁다. 나 같은 놈이 짊어지고 갈 수 있는 게 애초부터 아니었다. 편지와 함께 따라오는 사진. 그 사진은 다음 편지에 대한 힌트이다.

이번에는, 각 나라의 언어로 된 '바보'라는 말이 찍힌 사진이다. 이곳을 알 것 같다. 사회과학대 건물에 있는 강의실 중의 한 곳. 오른쪽 벽면에 누군가가 바보라고 써놓으니 그 자리에 앉는 사람마다 그 밑에 자기가 아는 외국어로 바보라고 써 놓았다. 그게 꽤 긴 줄이 되어 그 자리에 앉으면 한 번씩 보며 시간을 때우곤 했는데….

사실 이 말이 정확히 바보인지 아닌지는 모르겠지만 말이다. 아무려면 어떠냐. 그 강의실이다. 일일이 그 많은 강의실을 돌아볼 수는 없고….

지난 학기에 들었던 강의 시간표를 다시 한 번 보고 그중에서 사회과학대 건물에서 있었던 수업만을 체크하였다.

학교로 갔다. 몇 개의 강의실을 돌아보다가 그 낙서를 찾았다. 그리고 그 옆 의자에 앉았다. 편지를 찾아야 했다. 설마 이 낙서가 있는 벽 안에 숨겨 두었을 리는 없고…. 책상 서랍에 손을 넣었다. 구겨진 종이뭉치와 손에 묻어나는 먼지만이 있다.

어디 있을까? 내가 무언가를 찾고자 할 때 팔을 쭉 뻗어도 닿을 수 없다면 그건 내 곁을 떠난 것이다. 내가 이렇게 팔을 뻗었는데도 편지가 잡히지 않는다면 그것은 더 이상 내가 볼 수 없는 곳으로 갔다는 뜻이다.

그런데, 두툼한 종이 뭉치가 잡힌다. 책상 안쪽에 딱 붙어 있는 채로. 최대한 손상되지 않게 조심스레 떼어내었다. 며칠 되지 않았을 텐데도 먼지가 뽀얗게 쌓여 있어 손으로 털어낸 뒤 봉투를 뜯었다. 가슴이 두근거린다.

> 만약 이 서랍 속에 손을 한번 슬쩍 넣었다가 뺀다면 결코 이 편지를 찾을 수 없었을 거야. 그런데 조금만 더 팔을 뻗으면 이내 두툼한 편지 봉투가 손에 잡힐 거라는 걸 알았으면 해. 사람들은 참 이상해. 무언가를 찾을 때 팔을 쭉 뻗어 찾지 않아. 잃어버렸다 생각하고 금방 포기하잖아. 그런데 너는 아닐 거야.
> 너라면 분명, 이 편지를 찾을 수 있을 거야. 그렇지?

그래. 난 찾았어. 그러고 보니 이 얘기를 해 준 사람이 너였구나. 무언가를 찾을 때는 있는 힘껏 팔을 뻗으라는. 그러면 네가 찾는 그것에 손이 닿을 수 있을 것이라고….

> 이 강의실에 대한 나쁜 기억이 있는 건 아니야. 설마 이 강의실에서 누가 날 어떻게 하려고 했겠니? 뭐 모르지. 어떤 이들은 아무도 없는 이 강의실에서 너무나 친밀한 행위를 나누었을 지도. 그런데 우리 학교는 밤 아홉 시 이후로는 모든 강의실에 학생이 남아있을 수 없고, 경비 아저씨들이 지키고 있으니 그럴 리는 없었을 거야.

이 강의실에서 함께 수업을 들었던, 그중에서도 나와 같은 조였던 사람들에 관해 할 말이 있어서야. '영화의 이해'라는 수업이었어.

네가 영화를 좋아한다고 했을 때 보통 사람들이 영화를 좋아하는 그 정도라 생각했어. 나중에 네가 눈을 반짝이면서 영화에 관해 이야기할 때 이해했지. 정말 영화를 좋아하는 아이구나, 하고. 내가 알지도 못하는 영화, 감독에 대해 넌 줄줄 꿰고 있었고 그게 신기했어. 그런 점에 더 끌리기도 했고.

정말 좋았어. 평소에 좋아하던 분야이기도 했고 좀 더 깊이 있게 배울 수 있었으니까. 무엇보다 그 교수님이 좋았어. 아니, 그런 뜻으로 말고. 인간적으로, 그리고 학자로서 말이야. 그 전에 교수님 수업을 들은 적 있었는데 정말 대학 수업이란 게 이런 것이구나, 배움이란 이런 걸 뜻하는구나, 라고 느꼈거든. 요즘 대학 공부라는 게 순수하게 학문으로 파고 들어가 깊이 있게 공부하는 게 아니라 학점을 잘 받기 위해서, 결국은 취업에 도움이 되는 수단적인 의미로 쓰이는데, 이 분은 달랐어. 순수하고 열정적이셨어. 매주 수요일-수요일 아침 수업이었거든-아침에는 저절로 눈이 떠졌어. 나처럼 아침잠 많은 애가 말이야.

맞아. 너 아침잠이 많아서 필수를 빼고 교양이나 부전공은 모두 오후 수업만 들었잖아.

항상 강의실 맨 앞자리에 앉아서 필기도 열심히 하고 한 마디 한 마디를 새겨들었어. 그리고 그분은 낭만을 아는 분이셨어. 비가 오는 날은, 창문으로 내리는 비를 보며 떠오르는 시 한 구절을 읊었고, 햇살이 유난히 반짝이는 날에는 야외에서 수업하자고 먼저 제안하셨어. 아이들 대부분이 귀찮아하고 심드렁하게 대답해서 무산되었지만. 사실 그 시간에 토익책 펴놓고 있는 애들도 좀 있었어. 머리도 하얗게 셌는데 염색도 안 하고 약간 곱슬머리에 앞주머니에는 늘 손수건을 꽂고 다니셨어. 게다가 주머니에서 꺼내는 회중시계(내가 나중에 스위스에 가면 꼭 사와야지, 라고 생각했었는데…). 나에게는 완벽한 선생님이었어 그분이.

베토벤이라고 부르던 그 영화과 교수님이구나. 그 사람 유명해. 괴짜라고도 소문났고. 다른 말로는 효율적이지 않다, 취업 관련해서는 '정말 쓸모없다,'라고도 하더라.

다른 사람들은 그런 겉모습도 모두 설정이라고 했지만 난 그렇게 생각하지 않아 지금도. 설정이라면 그만큼 잘 어울리기 힘들었을 거야. 그리고 겉모습은 의도한 대로 남들에게 보일 수 있지만, 분위기까지는 그렇게 할 수 없거든. 어쨌든 좋았어. 그 수업과 그 교수님이. 늘 앞자리에 앉아 열심히 수업을 들으니 교수님도 내가 눈에 익었나 봐. 한 날은 수업 끝나고 나보고 부지런하다고, 열심히 한다고 격려해주셨거든. 그 말 듣고 더 열심히 공부해서 시험도 좋은 성적을 거두었어. 그리고 좋은 가르침을 주어 감사하다고 시험이 끝나던 날 메일도 보냈어. 가슴이 벅찼거든. 그리고 행운이라고 생각했어.

너다워. 딱 너다워. 너는 너다운 게 있어. 다 잊어버렸었는데 기억이 나는구나. 너란 애에 대해서…. 우리 사이의 일들로 인해 난 그런 걸 전부 다 잊어버리고 있었나 봐. 기본적으로 너란 애의 인간성, 가치관, 신념들에 대해서는 깡그리 잊어버리고 있었어. 사실은 잊어버린 게 아니라 네가 너다워서 좋았던 그 모든 걸 난 부정하고 싶었다는 게 더 솔직한 말 같아.

그리고 다음 학기에 그분 수업이 있었어. 게다가 내가 좋아하는 영화라니. 이미 그때 많이 지쳐있었거든. 학교를 벗어나고 싶었고 내 집이 있는, 내가 살던 도시로 돌아오고 싶었어. 휴학하고 싶었지만 그럴 수 없었어. 엄마, 아빠께 할 마땅한 변명이 생각나지 않더라고.

변명, 핑계…. 차라리 너는 솔직하게 말하는 걸 택했던 애야. 그 결과가 어떻든…. 그런데 그거 알아? 가끔은 솔직한 것이 상대방에게 상처를 주기도 해. 그럴듯한 변명과 핑계, 그리고 거짓말이 필요하기도 해. 그걸 너무 혐오스럽게 생각하지 마. 다들 그렇게 살아. 적당히 살아간다고….

그리고 무슨 변명이 필요했어? 힘들다, 지쳤다, 좀 쉬고 싶다…. 이 말로 충분했을 것 같은데…. 그래. 너는 그랬을 거야. 저런 한마디로 부모님을 걱정시키느니 네가 꾹 참고 버티는 게 낫다 생각했겠지. 하긴 자식이 부모한테 하기 힘든 말 중 하나가 바로 저 말이지…. 부모님이 슬퍼하는 모습을 보고 싶지 않으니까…. 내 앞에서는 괜찮다, 우리가 있다 하시겠지만 뒤돌아서 휘청거리고 무너지는 모습을 내가 봐야 할 테니까…. 그런데 이렇게까지 되고 보니 네가 좀 말을 하는 게 좋지 않았을까 생각해.

또 만약 다음 세상에 태어난다면 너도 좀 적당히, 남들처럼 살았으면 좋겠다. 내 참…. 이게 무슨 웃기는 말이니? 다음 세상이라니.

이미 그때만 해도 굳이 숫자로 따지자면 내 주위 사람들의 절반 이상은 날 떠난 상태였어. 잘 모르겠지만 그렇게 느껴졌어. 나를 찾는 사람들, 문자를 보내거나 전화를 하는 사람들이 줄어들었어.

그렇지만 그때만 해도 나는 오만했어. 내가 버린다고 생각했지. 어차피 나중이라도 날 떠날 사람들이었으니, 지금 내가 아쉬워할 게 없다고. 차라리 빨리 떠난 게 나에게도 좋은 거라 생각했어. 자기 위안이지. 그래도 그때는 괜찮았어. 괜찮은 줄 알았다고 해야 정확한 표현이겠다.

그래, 자기 위안이야. 너에게 위안이 되지 않는 그런 위안. 알고 있잖아. 사실은…. 사람들이 널 버린 거야. 그리고 그런 위안은 너에게 도움이 되지 않는다는 것도 넌 알았어. 그래, 네 말대로 너는 오만했어. 넌 그때까지도 도움을 청할 줄 몰랐으니까.

이 강의실, 내가 수업 들은 강의실 중에 가장 큰 것 같아. 그때 이 수업 제한 인원이 70명 정도인 걸로 기억해. 꽉 들어찼던 것 같아. 첫 수업 때, 빨리 간다고 갔는데도 겨우 중간쯤에 자리를 잡을 수 있었어. 앞 수업이 일찍 끝나지 않는 한 맨 앞자리를 차지한다는 게 불가능하다는 걸 첫 수업에 가보고 알았지.

출석을 부르는데 나 말고도 우리 과 사람들이 더 있는 걸 알았어. 경빈 오빠, 재훈 오빠, 선영 언니랑 내 동기 승기랑 유환이. 그 사람들 원래 그렇게 붙어 다니잖아. 선영 언니랑 승기는 그때 사귀고 있었으니까. 불안했어. 그 이름들을 듣는 순간

다른 소리들이 들리지 않았어. 게다가 저 사람들은 지섭 선배랑 친했으니까. 그때 그 선배는 군대 간 뒤였지만 나에 관한 이야기를 다 들었을 거라 생각하니 속이 뒤틀렸어.

그때만 해도 난 우리 과 사람들을 보기만 해도 가슴이 방망이질하며 두근거렸어. 귀가 먹먹해지고 숨이 가빠왔어.

전혀 감을 잡지 못하겠어. 이번에도 앞의 두 얘기와 비슷한 것일지. 그런 거라면 정말 사양하고 싶다. 그래 정말 더 이상은 듣지 못할 것 같아. 내가 가장 싫어하는 류의 이야기들을 한때나마 좋아했던 여자에게서 들어야 한다니…. 게다가 누구누구의 이야기도 아니고 자기 이야기라니….

첫 수업은 출석을 부르고 오리엔테이션을 했어. 그다음 전공 시간까지는 한 시간이 좀 넘게 남았는데 집에 가기에는 좀 애매했어. 그래서 도서관에서 시간을 때울 참이었는데 그들이 다가왔어.

사실, 그때 알았어. 우리 과 사람과 마주한 게 굉장히 오랜만이라는 걸. 그때 이미 생각했는지도 몰라. 어쩌면 나에게 기회가 온 거라고. 이 사람들과 친해지고, 내 사람으로 만들어서 그런 소문이 거짓이라는 것도 알리고 나도 다시 세상으로-이 말은 좀 우습다-나가고 싶었어. 그 사람들 너무나 아무렇지 않게 날 대해줬어. 조심스럽긴 했지만 즐거웠어.

그래, 소문과 루머는 사람들과의 관계마저 근본적으로 끊어놓지는 못한다고 생각했어. 또 바보같이, 전화와 문자 횟수가 줄어든 것에 대해서는 까맣게 잊어버렸어.

네가 언급한 사람들, 절대 신뢰할 수 없는 사람이라고 난 신입생 때부터 생각했어. 늘 사람 좋은 웃음을 짓고 친절하게 말하고 위해주는 척하지만, 그거 정말 말 그대로 '척'이니까. 그들이 하는 말이나 행동의 내용을 보면 친절하지도 않고 남을 위하지도 않아. 천사 같은 미소 뒤에 뱀의 혀가 숨어 있다는 걸 잊어선 안 돼.

이번엔 속지 마. 제발….

그 수업이 즐거웠어. 먼저 가면 자리도 맡아 놓고 쉬는 시간에는 복도에 있는 자판기에서 커피도 뽑아 마시고, 그 날 강의 내용이 좀 어려우면 투덜거리기도 하면서 말이야. 이거야말로 정상적인 학교생활이니까. 내가 잊어버리고 있었던, 그렇지만 무척이나 바랐던 생활이었어. 햇살이 쏟아지는 잔디밭에 앉아 친구들과 웃을 수 있는 게 행복했어.

친구? 이제 곧 그 행복이 깨졌다고 나에게 말하겠구나.

얄팍한 얼음 위의 행복이었어. 그런데 몰랐지. 화가 나. 화가 나 죽겠어. 조금이나마 행복한 기억이 있으니 더 힘들었어. 그럴 거면 처음부터 차가운 물 속에 날 집어넣어 버리지. 왜 곧 깨지는 얼음 위에 세워둔 걸까? 난 그런 줄도 모르고. 바보 같아. 바보 같은 나한테 화가 나.

얄팍한 얼음 위에 세워두었더라도 너 스스로 걸어 나왔으면 됐었어 빠지기 전에. 그럴 시간이 있었지만 그러지 못했잖아. 그 찰나의 행복에 빠져서 네가 서 있는 그곳이 호수 한복판에 얼어붙은 얼음 위라고도 생각 못 했잖아. 아니. 애초에 그 호수 근처에 가지 말았어야 했어. 넌 정말 바보 같아. 넌 배신당하게 될 거야. 왜냐고?

그들은 그래 왔으니까.

중간고사를 치르는 대신, 팀 프로젝트를 해야 했어. 교수님이 내놓은 주제 중 한 가지를 선택해 여섯 명에서 여덟 명이 한 조가 되어 연구하고 프레젠테이션을 하는 것이었어. 난 선뜻 그 사람들한테 같이 하자고 말을 못하는데 먼저 내게 다가왔어. 기뻤어. 다른 사람들이 모두 팀을 정했을 때, 난 교수님이 정해주는 데로 아무 팀의 제일 꼴찌 멤버로 들어가지 않아도 되었으니까. 한 달 정도 시간이 있었어. 주제가 쉽지 않았고,

인터넷에서 긁을 수 있는 리포트도 많지 않아서 도서관에서 살다시피 해야 했어. 적어도 나는 그렇게 했어.

그래도 좋았어. 팀에 폐가 되지 않도록, 아니 잘했다는 소리를 듣고 싶었어. 네 덕분에 이렇게 잘할 수 있었다는 소리를 듣고 싶었어. 인정받고 싶었거든.

사람들은, 나보다 열심히 하고 잘한 사람에 대한 칭찬에 인색해. 아직도 모르겠어? 열심히 해주면 내가 할 일이 줄어든다는 그 생각뿐이야. 너 같은 애가 같은 조가 되어 좋다고 생각하겠지. 덕분에 자기는 그 시간에 롤을 더 할 수 있고, 술이라도 한잔 더 마시고 잠이라도 조금 더 잘 수 있으니까. 아니 그렇게 구체적으로 계산하지 않아도 본능적으로 그래.

사람들은 착하지 않아. 이기적이지.

그리고 이기적이라는 걸 숨기는 데는 능숙해. 네가 갖지 못한 능력 중 하나지.

가장 많은 자료를 찾았고, 영어 원서를 해석했어. 내가 가장 많이 일하고 있다는 걸 알았지만 그건 중요하지 않았어. 난 이런 프레젠테이션 준비하는 걸 원래 좋아했으니까. 같은 팀원들이 나에게 고마워했어. 내가 아니었으면 이 많은 자료를 찾을 수도 없었고, 깔끔하게 정리할 수도 없었을 거라면서. 그러면서, 내가 거의 다 했으니 PPT도 내가 만들면 어떻겠냐고 부탁했어. 잘 알고 있는 사람이 하는 게 좋다면서. 그러겠다고 했어.

결국, 손 안 대고 코 푼 셈이구나. 내 비유가 더럽지만, 괜찮아. 너와 사귀면서 늘 너에게 얘기했어. 사람이 모두 네 맘 같지 않다고. 너 늘 그런 나를 우습게 봤잖아 어리다면서. 그런 네가 대단히 보이기도 했어. 그래…. 너의 그런 점을 좋아하기도 했어. 늘 너에게 바보 같다고 비아냥거렸지만, 사실은 너의 그런 점을 사랑했어.

PPT 만드는 건 자신이 없었지만 그래도 내가 하겠다고 했어. 며칠 밤을 새워서 만들었어. 고생은 했지만, 또 이렇게 하나 배우는구나, 라고 생각하니 뿌듯했어. 앞으로는 PPT 만드는 것도 자신 있게 할 수 있을 것 같았어. 그리고 프레젠테이션 연습을 거울 보며 했어. 분명 사람들이 내가 가장 잘 아니까 발표도 날 시킬 것 같았거든. 사실 남 앞에 서서 이야기하는 건 질색이지만 이걸 계기로 사람들 앞에서도 떨지 않고 잘 이야기할 수 있을 거란 생각에 열심히 연습했어.

넌 참 긍정적이다. 어쩌면 이렇게 긍정적일 수 있니? 도덕 교과서에 나오는 영희 같아. 그다음에는 캔디가 있네. 그런데 캔디는 좀 나아. 항상 옆에서 보살펴주는 꽃미남에 부자 도련님들이 있었으니까…. 어쨌든 너는 딱 영희야. 아무리 힘들어도 남을 탓하지 않고 긍정적으로 생각하며 자신에게 닥친 일을 힘겹게 헤쳐 나가는. 이것 역시 세상을 배워 나가는 거라 미소 짓는 그 영희 말이야. 생각해보면, 왜 그런 아이가 도덕 교과서에 나오는 줄 모르겠어. 착하면 바보가 되는 세상인데 그 당시에 교과서를 만드는 사람은 지금보다 옛날 사람이니 세상이 이렇게 될 줄 몰랐겠지. 착하면 도덕적이고 남에게 본보기가 될 거라 생각했겠지. 개소리는 집어치우라 그래.

PPT를 수정하고, 발표를 되풀이하면서 연습했어. 즐거웠어. 프레젠테이션하고 우리는 인사동에 가서 차를 마시고 구경도 하기로 했거든. 우리 팀에는 우리 과 사람들이 많아서 쉽게 친해질 수 있었고, 프로젝트를 준비하느라 자주 만났으니까 친구 같았어. 팀의 다른 과 사람들을 알게 되어 좋았고, 과 사람들과 친해지게 되어 좋았어. 이 수업은 정말 나에게 행운이었어. 발표는 선영 언니가 하기로 했어. 다들 이의가 없었어 나 역시도. 언니는 아나운서 지망생이었으니 아무래도 나보다 말을 잘했고 떨지도 않았으니까. 내가 연습한 게 조금 아깝긴 했지만 상관없었어. 어찌 됐든 발표를 잘하면 되는 거니까.

너의 이런 점이 답답해. 왜 손해를 보고 살아? 네 몫을 제대로 챙기지 못하면서 살았어?

발표는 성공적이었어. 선영 언니는 편안하면서도 매끄럽게 발표했어. 박수가 터져 나왔고 교수님께서도 흥미로운 접근이었다며 칭찬해주고 어려운 자료를 찾아 분석을 아주 잘해냈다며 흡족해하셨어.

그 날 수업이 모두 끝난 후 우리는 다시 만나 인사동에 갔었어. 가슴이 트이는 것 같았어. 비록 그곳이 바다는 아니었지만 말이야. 사람들과 이야기하고 돌아다니면서 군것질을 했어. 꿀타래를 만드는 것을 보는 게 그리 우습지도 않았는데 웃음이 났어. 나는 신나서 엄마에게 선물할 부채도 사고 동전 지갑도 샀어. 그곳을 구경하는 외국인마냥 모든 걸 신기해하고 재미나게 생각했어. 수업도 더 재미있어졌어. 그리고 기말고사가 다가왔어. 지난 학기에 난, 시험 기간에 도서관에서 공부한 적이 없었어. 우리 과 사람들이랑 부딪칠까 봐. 그들도 날 어색해하고 나 역시 숨고 싶어지는 걸 잘 알았으니까. 그런데 이번에는 그럴 필요 없었어. 난 시험에 필요한 책들과 자료들을 잔뜩 찾아서 들고 도서관으로 갔어. 우리 팀은 같이 모여 공부를 하고 커피를 마시며 잠을 쫓았어. 내가 찾은 것들을 보여주고 기말고사 예상 출제문제들을 뽑아 설명해 주었지만, 전혀 아깝지 않았어. 우리 모두 잘 되는 게 내 바람이었거든. 도서관에서 밤을 새우는 게 즐거웠어. 재밌었어.

그래 생각난다. 그 애가 저 사람들이랑 도서관에 모여 공부하는 걸 본 적이 있다. 그때 나는, '왜 저런 사람들이랑 어울리지?'라고 생각했다. 사실 그건 어울리는 게 아닌 데 말이다.

그 학기는 숨을 쉴 수 있었어. 그 수업과 그 사람들은 내가 숨을 쉴 수 있게 해주었어. 다시 새롭게 무언가를 시작할 에너지를 주었어. 그리고 시험 날이 되었어. 그 전 시간 수업이 좀 일찍 끝나 도서관에서 한 번 더 훑어볼 수 있었어. 이미 공부했던 것이라 어려운 것도 없었고 정리도 마칠 수 있었어.

시험이 시작되기 전, 교수님이 종이를 나누어 주었는데… 그 종이에는 팀 프로젝트를 준비하면서 가장 열심히 한 사람과, 그렇지 못한 사람을 각각 써내라고 했어. 좀 당황스러웠어. 몇 분 동안 그 문항을 뚫어지게 쳐다보기만 했어. 이런 걸 써내라고 하다니, 교수님께 실망하기도 했지. 내 마음이 시키는 대로 썼어. 가장 열심히 한 사람에는 우리 팀원의 이름을 모두 썼어. 왜냐하면, 정말 다 열심히 했으니까. 그리고 그렇지 못한 사람은 빈칸으로 남겨두었어. 주위를 둘러보니 다들 열심히 쓰고 있었어. 우리 팀원들을 보았어. 나와 똑같이 썼을 거라 생각했어. 그리고 그렇게 쓴 걸 보고, 이런 쓸데없는 질문을 하는 교수님이 조금 반성하길 바랐어.

이 편지의 끝을 알 것 같아. 사람을 너무 믿지 말라는 내 말을 넌 무시했어.

시험이 끝나고 바로 방학이 시작되었어. 한 학기를 잘 보냈단 뿌듯함에 마음이 편했어. 다음 학기는 더 좋겠구나, 라는 생각에 설렜어. 방학 동안 알차게 보내고 싶어 외국어 학원도 알아보고 다시 필라테스도 시작했어. 그리고 얼마 후, 성적이 나왔어. 별로 신경 안 쓰고 있었어. 늘 열심히 했고, 한 만큼 결과가 나왔으니까. 이번 학기는, 다른 것보다 영화 수업만 잘 나오면 한 학기 동안 잘했구나, 라고 생각하려고 했어. 그리고 자신 있었어.

그런데 내 눈을 의심했어. C0였어. 적어도 A0 또는 B+는 나올 것이라 생각했거든. 출석을 빠진 적도 없었고 보고서도 제 날짜에 맞춰서 냈고 시험도 열심히 치렀으니까. 이건 뭔가 전산상의 오류라든지 교수님이 시험지를 읽다가 너무 피곤해서 내 시험지에 점수를 잘못 써 놓았는지, 아니면 성적을 입력하는 조교가 A를 누를 것을 잘못하여 C를 누른 것은 아닐까, 어쨌든 착오가 있는 것이라 생각했어.

처음으로 시험에 관한 문제로 교수님께 메일을 썼어. 지금까지 난 시험 결과에 대해 늘 받아들이는 편이었고 생각보다 점수가 잘 나오지 않아도 내가 잘못한 것이라 여겼는데 이번만큼은 받아들일 수 없었거든. 며칠 후 답장이 왔어. 간단한 내용이었어. 공정하게 점수를 준 것이라는. 그런 답장까지 받은 이상 난 할 말이 없었어. 만약 거기서 내가 물러났다면 그래, 그게 오히려 나았을지도 몰라 어쩌면. 모르는 게 약이라는 옛말이 써먹을 데가 있다니까. 그렇지만 그 몇 줄의 답장 속에서 난 교수님이 나에게 대단히 실망했다는 사실을 느낄 수 있었어. 나에겐 그게 더 중요했어. 성적보다. 내가 좋아하는 사람이 나에게 등을 돌리는 걸 보고 싶지 않았어. 열심히 했는데 이렇게 불성실한 학생으로 기억에 남고 싶지 않았어. 다시는 강의실에서 그 교수님의 수업을 들을 일이 없어도 말이야.

조금 빗나간 이야기일 수도 있겠지만 넌 사람 욕심이 많아. 누군가 널 싫어하거나 미워하면 견디지 못해. 모두가 널 좋아할 수는 없는 건데 말이야. 넌 친구가 많은 사람을 부러워하고, 사람들이 널 불러주길 바라고 찾아 주길 원해. 너에게 관심 가져 주길 바라지.

늘 아니라고 말하고 그런 것에 무심한 척하지만 넌 분명히 그랬어. 언젠가 그런 얘기를 한 적 있어. 무심코 흘린 말에, 사람이 무섭다고. 사람이 무서우면 욕심을 부릴 때도 지났는데, 넌 더 집착하고 욕심냈어. 누군가 한 사람이 너에게 잘 해주면 그 사람을 지키려 애썼어. 네 옆에 서도록 말이야.

물론, 방법은 다른 사람들과 달랐지. 다른 사람들은 서로 누군가의 험담을 하면서 자기편으로 만들었지만 넌, 진심으로 그 사람을 대했어. 넌 그게 최선의 방법인 줄 알았으니까. 네가 그 사람을 믿는 만큼 널 믿어주길 바라고, 네가 소중히 여기는 만큼 늘 아껴주길 바랐어.

다른 사람에게는, 주는 만큼 받고 싶다고 하는 마음은 욕심이 아니지만, 너에게는 욕심이었어. 다른 사람들은, 네가 누군가를 믿는 것처럼 믿을 수는 없어. 왜냐하면, 네 믿음은 너무나 절대적이기 때문이야. 그리고 누군가를 소중히 여기는 마음을 저울로 잴 수 있다고 쳐봐. 그러면 그 어떤 사람도 네가 다른 이에 대한 준 마음의 무게만큼, 진심의 양만큼 너에게 같은 양을 줄 수 없어. 너처럼 단어 한 마디조차 진심으로 내뱉고, 사소한 행동조차 온 마음을 다해 하는 사람을 흉내조차 낼 수 없으니까 말이야. 그러니 너에게 있어서, 네가 준 것만큼 받기를 바라는 건 욕심이야.

그리고 너 같은 사람을 다른 사람들은 가식적이라고들 하지. 자기들은 생각도 하지 못하는 행동을 너는 하고 있으니까. 너 같은 부류도 있다는 것을 인정하지 않고, 있는 그대로 받아들이지 않고 어떻게든 깎아내리지. 사람이란 그래. 자기랑 다르면 죽일 듯이 몰아세우지. 자신들이 그토록 잔인한 사람이라는 건 전혀 인식하지 못하면서 말이야.

어쨌든, 군대에 있을 때 너에게 전화를 하면 넌, 사람들을 만날 땐 목소리가 한껏 높아지고 즐거워 보였지만 혼자 있을 땐 곧 죽을 것 같이 보였어. 축 늘어진 사람마냥.

널 비난하는 건 아니야. 다만, 네가 믿는 만큼, 욕심낸 만큼 넌 더 상처받았고, 상처받게 될 거라는 소리야. 놓을 줄도 알아야 하고, 포기할 때도 알아야 해. 넌 현명했지만 바보였어.

그런데, 지금 이런 얘기들을 도대체 왜 하고 있는지. 소용없는데.

교수님을 찾아갔어. 내가 그분을 진정한 학자로 인정했듯이 그분은 날 진정한, 배우고 싶어 하는 학생으로 보았어. 나는 알아. 그렇게 느껴졌으니까. 그 신뢰를 잃고 싶지 않았어. 난 말주변이 없잖아. 인사를 하고 나니 어떻게 대화를 시작해야 할지 몰라서 나답지 않게 애교 섞인 말투로 투정부리듯이 성적이 너무 안 좋게 나왔다고 말했어. 사람들은 말했거든. 내가 너무 딱딱하고 뚱한 면이 있다고들 말이야. 어쨌든, 그러면 교수님은 웃으면서 다음에 더 잘하라고 그렇게 말씀하실 줄 알았어. 그러면 난 평소 교수님 수업에서 나왔던 영화 이야기를 하고, 내가 하고 싶은 일-넌 뭔지 알 거야-에 대해서도 상담을 좀 받으려던 참이었어. 시험 성적 얘기는 분위기를 좀 친밀하게 하려는 것이었어. 그런데 완전히 빗나갔어. 교수님은 한참 동안 말이 없으시다가, 그 설문지를 보여주었어.

그 교수는 너에게 그걸 보여주면 안 됐었어. 그건 규칙에 어긋나는 것이잖아. 비밀이 지켜 져야 하는 데 그걸 발설한 셈이 된 거야. 아니, 사실 비밀 따위는 중요하지 않아. 어쨌든 넌 보면 안 됐었어. 상처받을 테니까.

우리 팀원들의 설문지에는.. 얘기 안 해도 짐작하고 있겠지? 가장 열심히 한 사람은 제각각이지만, 그렇지 못한 사람은 모두 내 이름이 적혀 있었어. 또박또박. 그리고 내 설문지를 보았어. 참으로 바보 같은… 그 글자들이 짝지어 탱고를 추며 날 비웃는 것 같았어. 열심히 한 사람에 쓴 우리 팀원들의 이름이 교수실 허공을 떠다니며 나를 조롱했어. 현기증이 났어. 교수님은 성실한 줄 알았는데 잘못 봤다며 말을 흐렸어. 난 인사를 하고-사실, 인사를 했는지 안 했는지도 정확히 기억나지 않아-도망치듯이 교수실을 나왔어. 화장실로 갔어. 교수실에서 화장실로 가는 그 복도가 왜 그렇게 길던지.

나에게 무슨 일이 일어난 거지?

넌 배신당한 거야. 치졸한 방법으로. 그냥 가만있지. 거긴 왜 찾아갔어? 몰랐으면 상처받을 일도 없었을 것 아니야. 이렇게 편지로 남길 만한 일이 아니었을 거 아니야. 그놈의 신뢰가 뭐라고. 전공 교수도 아니고 고작해야 교양 교수였어. 막말로 네가 신뢰를 좀 잃는다 해도 너한테 해가 될 것 없었다고.

> 눈물도 나오지 않았어. 속이 좀 메스꺼웠어. 토할 것 같아서 변기 커버를 올리고 몇 번이나 시도했는데 잘되지 않아 손가락을 넣어서 좀 토했어. 뭔가 하얀 게 좀 올라오긴 했지만 시원하진 않았어.

그때부터였구나. 너 놀라거나 속상하면 화장실로 달려가잖아. 정말 토할 때도 있고 헛구역질만 할 때도 있었고. 심한 날에는 밥도 못 먹었어. 나랑 사귈 때는 그런 네가 임신이라도 한 줄 알고 가슴을 쓸어내린 적이 한두 번이 아녔어.

> 머릿속도 하얗더라. 무슨 생각을 해야 할지도 모르겠고, 이게 어떻게 된 건지도 모르겠고. 아니, 알겠지만 꿈처럼 희미할 뿐이었어. 후회하는 건, 내가 발표 준비를 열심히 하고 시험 자료를 복사해서 나눠준 게 아니야.
>
> 왜, 교수실로 찾아갔을까….

차라리 몰랐으면 좋았을 텐데. 어리석었어. 어리석은 나를 탓해야지. 안 그러니?

이 일은 앞의 이야기 같은 문제는 아니었지만 어쨌든 나에게 타격을 주었어. 나중에 돌아보니 말이야. 교묘한 따돌림이었어. 겉으로는 드러나지 않는.

갑자기 세상사는 게 막막하더라. 세상이 무너지는 기분까지는 아니었지만 사는 게 겁이 나기 시작했어. 그들이 악랄하다고 생각해. 자랑은 아니지만, 그동안 내가 성적이 좋고, 장학금도 몇 번 탔고, 게다가 발표니 보고서니 늘 준비를 잘한다고 수업시간마다 칭찬을 들었잖아. 처음부터 나를 노린 것이었어. 마지막에 그들이 갈등하다가 내 이름을 쓴 게 아니라고 생각해. 그렇게 생각할 정도로 한심하진 않아.

다행이야. 그 정도로 한심하진 않아서.

걔는 성적이 좋으니 다른 과목에서 메울 수 있을 거라 생각하고, 나에게 미안해하며 내 이름을 썼을 거라 생각하지 않아. 이런 질문이 처음부터 있는 줄은 몰랐겠지만 어쨌든 나를 이용하려고 한 건 분명했어. 그리고 그런 질문을 받고 망설임 없이 내 이름을 썼겠지.

나는 있잖아. 누군가가 아무리 우리 팀에 폐를 끼치고, 도움이 전혀 되지 않았더라도 그 사람의 이름을 쓸 때 망설였을 거야. 그렇게 이름을 쓰고 내가 혹시나 그 사람을 학교 어디에서 마주치게 되면… 그런 질문을 한 교수님이 어리석다고 여겼는데 아니었어. 학생들이 자신의 이익을 계산할 때면 얼마나 머리가 팽팽 돌아가는지 알고 계셨던 거야. 나만 몰랐지. 정말 우습게도, 사는 게 허무하다는 생각도 들더라. 어쩌면 사람들이 이렇게까지 할 수 있을까. 비록 그들이 범죄를 저지르거나 나를 해친 건 아니지만. 나에게 이렇게 하고도 발 뻗고 잠을 잘 수 있을지, 캠퍼스에서 나와 마주치면 어쩌려고 하나, 나도 이렇게 걱정되는데 그들은 어떻게 그럴 수 있었을까.

너니까… 너니까 그런 걱정을 하는 거야. 그래 너는 그런 애였지.

그리고 기다렸어. 방학 내내 미안했다는 문자를… 그땐 성적이 중요해서 그랬다고. 너는 다른 과목을 잘하니까 거기서 만회하면 될 거로 생각했다고. 생각이 짧았던 걸 용서하라고… 아니면, 그냥… 아무렇지 않게 방학 잘 보내고 있냐는 심심한데 만날까 하는 그런 문자 말이야. 난 그 날 화장실에서 많이 울고, 그 상황이 너무나 어이없었고 그들이 원망스러웠지만 거짓이든 속임수든 나에게 행복한 한 조각을 주었으니까,

다시 한 번 주기를 바랐어. 껍데기뿐인 행복이겠지만, 나 자신까지 속일 수는 없겠지만 상관없었어. 그렇게만 된다면 난 이번 일을 그냥 넘어갈 수 있었어. 우린 아직 미숙하니까 그럴 수 있다고 혼자 달래면서 그들과 또다시 잔디밭에 앉아 웃고 인사동 거리를 돌아다니고 싶었어. 사실, 내가 화가 난 건 그들이 내 이름을 쓴 것이 아니라 이제는 그들과 즐거운 시간을 보내지 못한다는 것 때문이었는지도 몰라….

더 이상 나빠질 것도 없는 상황이었어. 그런 상황에서 넌 그들을 찾아가 따지거나, 아니면 교수님께 네가 찾은 자료라든지 증거가 될 만한 것들을 보여주면서 설득시켜야 했어. 그 교수와 친분이 좀 있다고 했으니 조금은 네 얘기와 처지를 얘기할 수 있었을 거야. 그럼 넌 둘 중의 하나는 건질 수 있었어. 적어도 교수의 신뢰는 말이야. 그런 쓰레기 같은 놈들이랑 어울리는 게 대체 뭐가 그렇게 중요한 건지 난 널 이해할 수 없어. 그런 놈들이 옆에 있느니 차라리 없는 게 나아.

난… 외로웠어….

군데군데 번진 자국이 보였다. 펜으로 꾹꾹 눌러쓰며 방울방울 떨어지는 눈물을 삼키려 훌쩍거리는 그 애를 생각하니 나도…. 눈물이 났다. 코끝이 빨개지도록 울었을 생각을 하니 나도… 코끝이 찡해졌다.

집으로 갔다. 편지는 두 통이었고, 나머지 하나는 집에서 읽기로 결정했다. 텅 빈 강의실에서, 한꺼번에 많은 것을 알게 된다면 나는 감당하지 못할 것이다. 나를 보호해줄 수 있는 집으로 가서 읽어야겠다는 생각이 들었다.

초등학교 때 따돌림받던 여자애가 떠올랐다. 그 애는 늘 혼자였다. 언뜻 보면 그 애가 혼자인지 알 수 없었을 것이다. 우리 반은 책상을 조별로 앉았기 때문에-책상 두 개를 마주 보게 붙이고 책상 하나를 그 끝에 붙여 T자형으로 만드는 것-밥을 먹을 때도, 자습시간에도 여섯 명이 함께하는 것처럼 보였기 때문이다. 아마 선생님도 몰랐을 것이라 생각된다. 그 애가 일기장에 쓰지 않는 한.

그리고 상상하지 못했을 것이다. 아이들은 아이들이기 때문에 더 악랄할 수 있다는 것을. 좀 머리가 커지면 못된 짓은, 못된 짓임을 알기에 행동으로 옮기지 않는다. 왜냐하면, 자신이 못나 보일까 봐서이다. 마음속으로는 그 못된 짓을 하고 싶어 안달이 나지만 겉으로는 안 그런 척하는 것이다. 그런데 아이들은 그것을 알지 못하기 때문에 아주 악랄할 수 있다. 순수하기 때문에 가장 악할 수 있다는 것을 어른들은 모른다.

어쨌든, 그 애는 혼자였다. 급식 때에도 그 애를 줄에 세워주는 아이도 없었고 말을 거는 사람도 없었다. 체육 시간에도 여자들이 교실에서 옷을 갈아입을 때 그 애는 체육복을 들고 화장실로 갔다. 남자들 모두 이 사실을 알고 있었지만 끼어들지 않았다. 왜냐하면, 그건 여자애들만의 문제였으니까.

어느 날, 아침부터 애들이랑 축구를 하느라 체육복을 미리 갈아입었었다. 3교시가 체육 시간이라 2교시 끝나는 종이 땡 하고 치자마자 애들이랑 나갔다가 출석부를 가지고 오지 않은 것이 생각나 다시 교실로 갔는데 그때 그 애를 보았다. 아무도 없는 교실에서 체육복을 갈아입고 있었다. 누가 들어 올까 봐 교실 앞에 있는 텔레비전 캐비닛 뒤에서 옷을 갈아입고 있는 모습이 측은했다.

그렇지만 그 후에도 난 그 애에게 말을 걸거나 친구가 되자고 손을 내밀지 않았다. 왜냐하면, 그렇게 함으로써 여자애들한테 인기를 얻지 못할까 봐 겁났기 때문이다. 생일 파티에 나를 초대하지 않을까 봐 겁이 났고, 방과 후에 남자애들이 자전거를 타고 운동장을 돌 때 내 뒤에 타고 싶어 하는 여자애들이 없을까 겁이 났다. 그 당시에는 여자애를 자전거 뒤에 태우고 운동장을 돌거나 집에 데려다주는 것이 우리 사이에서 유행이었다.

학기가 끝날 때까지 그 애는 혼자였는데, 그 애가 대체 뭘 얼마나 잘못해서 따돌림을 받는지 끝내 알 수 없었다. 한 번은, 내 뒤에 탄 여자애에게- 얼굴에 주근깨가 잔뜩 나고 뚱뚱했던 아이였다- 지나가는 말로 물어봤는데 잘 모르겠다고 했다. 아니, 잊어버렸다고 했던가. '재밌잖아' 라고 말했던 건 확실하다. 이유를 잊어버렸다면 그 이유란 것이 결코 중요한 것이 아니었을 테고, 재미로 그 애를 그렇게 만든다는 것이었는데 그런 말을 듣고도 난 가만히 있었다. 다만, 다음부터 그 여자애를 뒤에 태우지 않았을 뿐.

어쨌거나 난 학년이 끝날 때까지, 졸업할 때까지 그 여자애에게 말을 걸지 못했다. 아니, 말을 걸지 않았다. 난 비겁했다. 그리고 지금도 비겁하다. 직접적으로 따돌린 건 아니었지만 난 암묵적으로 동의한 것이었고 그 일에 동참했다. 앞에 나서는 것보다 이렇게 뒤에서 조용히, 그러나 나중에 들을 비난에 대해서는 책임지지 않겠다는 태도로 동참하는 것이 더 나쁜 것이다. 그리고 지금도 그렇다.

유진이에게 닥친 일들에 대해 난 분명 알았을 것이다. 30명도 되지 않는 조그만 과에서 일어난 일들을 몰랐을 리 없다. 술자리에서 애들이 떠들어 댔을 것이 분명한데 난 가만히 있었다. 별일 아니라고 넘겼을 것이다. 그리고 내 일이 아니니 신경 쓰지 않았을 것이고 어쩌면 유진이보다, 그렇게 말하는 애들을 믿었을 것이다.

초등학교 때 그 애는 지금 어디서 뭘 하며 살고 있을까? 분명 상처가 컸을 텐데. 그 시절이 죽을 만큼 힘들었을 것이다. 일년 내내 한 반에서 누구와도 자기와 이야기하질 원하지 않는다면 그 얼마나 가혹한 것일까. 지금 생각해보니 그렇다. 까맣게 잊고 있었던 일인데 지금 생각난다. 그러나 그 애는 잊지 않고 살아갈 것이란 확신이 든다. 그 시절을 한순간도 빼놓지 않고 기억하고 그렇게 만든 아이들을 원망하고 있을지 모른다. 세월이 흘렀다고 하지만 절대 잊히지 않는, 지워지지 않는 기억도 잊는 법이다. 사람을 만나는 것을 두려워하고 사람을 믿는 것을 주저할 것이다. 이제야 생각이 났다. 그 애가.

그리고 나라는 놈에 대해서도 생각을 해본다. 솔직히 말하면, 난 내가 그저 그런대로 괜찮은 놈이라 생각했다. 키도 큰 편이었고 꾸준히 운동해서 몸도 쓸 만했고 남자애들과도 잘 어울렸다. 의리도 있는 편이었고 정직했다. 여자애들과 지저분한 관계도 없었다. 나는 나를, 하이틴 드라마에 나오는 건강하고 밝은 그러면서 조금 멋진 그런 남자로 생각했다. 좀 재수 없게 들리겠지만 내 자신이 마음에 들었었다. 거울을 보았다. 거기에는 작은 아이가 나를 바라보고 있었다. 초등학교 때 따돌림받던 그 애였다.

"넌 여전하구나."

"그래."

그 여자애가 나를 바라보았다. 그리고 곧 그 여자애는 내 모습으로 바뀌었다. 주저하며 머뭇거리는 남자애의 얼굴이었다. 비겁한 한 남자가 서 있었다.

"그때는 미안했어…."

"뭐 하니? 거울 앞에서?"

엄마가 방문을 벌컥 열었다.

"뭐에요, 노크도 없이!"

당황함에 나는 버럭 소리를 질렀다.

"얘 좀 봐. 불러도 대답도 없고 노크도 했는데 못 들었어?"

"못 들었어요."

"요즘 정신을 어디에다 빼놓고 다니니 그래. 나와서 밥 먹어."

"엄마."

방문을 나서려던 엄마를 붙잡았다.

"나 어때요?"

불쑥 물어봤다. 나를 어릴 적부터, 아니 뱃속에서부터 봐왔으니 나란 놈에 대해 가장 정확하게 알 사람이었다.

숨겨져 있는 나의 비겁함, 보이지 않는 나의 잔인함에 대해서 듣고 싶었다.

누군가 나에게 그렇다고 말해준다면 난 이 껍데기를 조금 벗을 수 있을 것 같았다.

"갑자기 왜? 어머, 너 혹시 여자 친구 새로 생겼니?"

저 호기심 띤 얼굴을 보라. 그런데… 새로라니?

"새로?"

"그래. 저번에 사귀던 애는 어쩌고."

엄마에게 말한 적이 없는데. 사실 엄마와 아들이 각별히 친하지 않은 이상 여자 친구 이야기를 할 수가 없다. 꼬치꼬치 캐물을 게 뻔하니 귀찮다.

"누구…"

"아파트 앞에서 그때… 쓰레기 버리러 나가다가 봤는데? 아마 너 제대하기 전인 것 같은데."

기억난다. 그 애가 조르고 졸라 우리 집 앞까지 나를 데려다준 날이었다. 늘 내가 데려다주니 자기도 한 번쯤은 나를 데려다주어야 공평하다고 말했다. 그래서 내가 그럼 만날 때마다 이제부터는 네가 나를 데려다 달라고 농담을 했더니 울상이 되어 아무 말도 못 했었는데. 그 표정이 기억난다. 입을 삐쭉 내밀고 눈썹을 찡그리던.

"걔랑은 헤어졌니?"

"아니요…"

생각지도 못한 대답이 나왔다. 아니요… 라니.

"한 번 집에 데려와. 남들은 척척 알아서 잘도 데려오고 밥도 사 달라 그런다는데 넌 그런 게 없니?"

"네."

"얼른 나와. 밥 먹게. 아빠 나오셨어."

또 생각지도 못한 대답이다. 네… 라니. 하긴, 엄마 개는 옥상에서 떨어져 죽었어요, 라고 말할 수는 없지 않은가. 그것도 자살했다고, 그런데 그걸 아는 사람이 나밖에 없다고, 이 편지들 좀 보세요, 그렇게도 말할 수는 없잖아.

문득 엄마가 유진이를 보았다면 좋아했을 거라는 생각이 든다. 예쁘고, 싹싹하고 예의 바르고…. 단 한 번도 그런 생각을 해보지 않았다. 그 애를 가족에게 보여주는 건 다른 사람한테는 몰라도 유진이는 너무나 큰 의미를 부여할 것 같았기 때문이다. 나보다 앞서 우리의 미래에 대해 생각하고 확신을 가질까 봐 그게 겁이 났다. 그러면 좀 어떤가. 당연히 연인 사이에서 미래를 생각할 수 있는 것인데. 나는 역시 비겁했다. 나는 아니라고 했지만 내 머릿속으로는 이 아이를 두고 재고 있었던 것이다. 이 아이로 인해 내가 얼마나 형편없는 놈인지를 깨달아 가고 있는 중이다.

6

내가 너에게

강의실에서 찾은 편지는 두 통이었다. 1번을 읽었고 이제 2번을 읽을 차례이다. 2번 봉투는 분홍색이다. 지금까지는 모두 흰색이었는데 긴장된다. 왜 분홍색일까… 더 큰 의미를 두었거나, 지금까지보다 더 악랄한 일에 대한 것이 쓰여 있거나 둘 중 하나일 것이다. 조심스레 봉투를 뜯는다.

사진이 먼저 보였다. 전부 다 보이지는 않지만 웃고 있는 남자의 눈이었다. 무감각해진 손가락으로 사진을 꺼냈다. 그래, 나다. 심장이 덜컹 내려앉는다. 어쩌면 언제 나에 관한 이야기가 나올까, 두려워하고 있던 참이었다. 나는 이 아이에게 무슨 잘못을 저질렀을까. 어찌나 심장이 요동을 치던지 누군가 내 귀에 내 심장을 대고 있는 것 같은 착각이 들었다. 그리고 아파왔다. 그 애가 내 심장을 꽉 움켜쥐고 있는 것처럼.

드디어 내 차례구나.

윤아.

나야.

나야. 유진이. 잘 지내고 있지? 내가 너에게 너무 가혹한 이야기를 남긴 것은 아닌지, 이것 때문에 괴로워하거나 힘들어하고 있는 것은 아닌지 걱정돼. 앞의 이야기들을 찾아 주어서, 그리고 읽어주어 고마워. 이 편지까지 읽고 있다는 것은 지금까지 내 마음속에 숨겨져 있던 이야기들을 찾았다는 얘기겠지?

긴장되어서인지 입술이 바짝 타들어 가. 자꾸만 혀로 입술을 훔치고 있어. 이러면 입술이 금방 튼다고 네가 그랬는데 말이지.

우리가 처음 사귀던 날 기억나?

기억해 당연히. 상투적인 표현이지만 정말 세상을 다 가진 것 같았어. 아프리카 원주민들이 의식을 할 때처럼 소리 지르면서 뛰어다니고 싶었어. 그 기분을 어떻게 표현해야 할지 몰라서 말이야.

난 너무 기뻤어.

넌 날 싫어했잖아. 날 피했잖아. 그러니 기뻤다는 거짓말은 하지 마. 네가 처음에는 마지못해 나랑 사귀었던 거 알아.

처음에 네가 날 좋다고 했을 때 난 겁났어. 누군가 날 좋아하는 것도 더 이상 반갑지 않을 때였거든. 네가 싫어서 거절한 게 아니라 사람이 싫었어. 그리고 두려웠어. 너랑 사귀어 또 사람들의 입방아에 오르내리고 소문의 주인공이 되는 게 말이야. 너라는 애가 괜찮은 걸 알았지만 네가 나한테도 괜찮은 사람인지는 알 수 없었어.

끝까지 알 수 없었을 거야. 괜찮은 놈이 아니니까.

어느 날부터인가 내가 가는 곳마다 네가 있었어. 비가 오는 날에는 다른 사람의 우산까지 함께 사주며 나에게 우산을 건넸어. 성년의 날에, 이번에 성년을 맞은 후배들에게 장미꽃을 사주었는데 남는 게 있다며 나에게 주었어. 그리고 넌 내게 끊임없이 전화하고 문자를 보냈어. 물론 난 그 전화를 받지도 않고 문자에 답장하지 않았어. 네가 나한테 좋아한다고, 사랑한다고 말한 건 아니야. 그저, 어디에 있는지 밥은 먹었는지 물어보는 문자였어. 넌 내가 어떤 부분에 감동했는지 알아?

감동을 하긴 했어?

밥 먹었냐고 물어볼 때.

그깟 게 무슨 감동할 거리나 된다고.

엄마를 빼놓고 나에게 밥을 먹었냐고 물어본 사람은 네가 처음이었어. 내 끼니를 걱정해주는 사람이라 네가 좋아졌어. 마음이 움직이는 걸 느꼈어.

연락은 하고 싶은데 딱히 생각나는 말이 없어서 그랬을 뿐이야.

난 늘 혼자 밥을 먹었는데, 네 문자를 보고 나면 외롭지 않아졌어. 그 전까지는 밥 먹는 게 외로웠는데 말이야.. 지금까지도 그건 고마워. 그렇지만 말했듯이 나는 겁났어. 넌 언제 나를 떠날까, 넌 언제 내가 지겹다고 할까 하는 그런 걱정 때문에. 나랑 사귀었다가도 누군가에게 무슨 이야기를 듣고 나에게 돌아설지 모르는 일이니까. 차라리 시작하지 않는 게 낫다고 생각했어.
그리고 나는 너무 지쳐있었어. 누군가와 새롭게 만나는 것이 설레지 않았어. 미안해.

네가 날 떼어내려고 핑계 대는 것이라 생각했어. 그때는. 그게 진짜 이유라 생각하지 않았어.

그렇지만 넌 내가 이렇게 겁내고 걱정하는 것도 모르고 끊임없이 내 주위를 맴돌았어. 어쩌면 나는 지켜봤는지도 몰라. 네가 언제까지 나를 좋아할까 하고. 이것 역시 미안해. 너를 지켜볼 시간이 필요했어. 나에 대한 소문들을 듣고 판단할 시간을 주어야 했어. 물론 그 소문들이 모두 사실이 아니었지만 그것들에 관해 설명할 이유도 이미 잊어버린 지 오래였고, 그런 걸 설명하기에는 내가 좀 지쳐있었어….
그래서 시간이 필요했어. 그런데도 내가 좋다면 난 너를 받아들이려 했어.

그저 내가 싫어서 날 피한다고 생각했어.

그러다가 난 너에게 이야기했어. 왜냐하면, 너무 잠잠했으니까. 6개월이라면 나에 대한 소문을 듣기에 충분한 시간인데 넌 내게 아무것도 물어보지 않았으니까. 그리고 만약 네가 듣지 못했다면 내가 말해주어야 한다고 생각했어. 너에게 선택할 기회를 주어야 했으니까. 웃기는 게 뭔지 알아? 그런 소문이 돌고, 사람들이 모두 그렇게 나를 생각한 지 어느 정도 시간이 지나니까, 내가 정말 그런 사람인가.. 하는 생각을 하게 되는 거 있지? 내가 정말 나인지… 모르겠더라….

바보 같은 소리 좀 하지 마.

… 기억나지? 그 밤.

그 밤. 당연히. 학교 운동장이었어. 웬일로 네가 나한테 먼저 전화를 하고 만나자고 해서 기쁘기도 하고 놀랍기도 했어. 좋은 이야기를 할 것 같진 않았지만 어쨌든 만나는 게 난 좋았으니까. 너와 단둘이 만날 기회가 많지 않았잖아. 내가 너희 집 앞에서 기다렸다가 마주치는 게 전부였고 그때마다 넌 싫은 내색을 숨기지 않았고.

너에게 이야기했어. 그런데 잘못한 건 내가 너무 빙빙 돌려서 이야기했던 거야. 난 직설적으로 이야기하지 못했어. 왜냐하

> 면, 너무나 부끄럽고 자존심이 상하니까. 그리고 귀찮았어… 그래. 귀찮기도 했어. 그거 알아? 사람이 사람한테 지치면 만사가 귀찮아진다는 거… 후회해 여전히. 모든 걸 이야기할걸. 시간이 걸려도 자세히 말할 걸.. 그때가 시작이었으면 그 시작부터 다 이야기하고 건강하게 살아갈 걸… 너에게 다 이야기하면 달라졌을까? 어쨌든, 그래도 네가 다 알아들을 거라 생각했어. 내가 기억하기로 나는 너에게, 이렇게 말했던 것 같아. 네가 알고 있는 것만큼 난 좋은 사람이 아니야. 나중에 실망하고 후회하지 말고 지금 마음 정리하라고.

토씨 하나 안 틀렸어. 정확해. 신나서 달려나간 나한테, 내 옷 중에서 가장 멋있어 보이는 옷을 입고, 쑥스러움을 무릅쓰고 꽃다발까지 사간 나한테 넌 그렇게 말했어. 난 그 말이 무슨 뜻인지도 모른 채 멍하니 널 봤어. 이해할 수 없었으니까. 얘가 대체 무슨 말을 하고 있는 것인지.

> 어차피 너도 내 말을 믿어줄 거라 생각 안 했기 때문에, 남들이 이야기하는 대로 믿고 판단할 것 같았기 때문에 그렇게 이야기할 수밖에 없었어.

그때 네가 나에게 전부 이야기했다면 조금은… 달라졌을까?

달라졌을 것이라 생각한다.

조금은… 아주 조금은…. 그 애를 알고 이해할 사람이 생겼을 테니 말이다.

아니… 모르겠다. 내가 그 애의 내면을 들여다볼 수 있는 사람이었는지….

한 마디로, 나중에 나에 관한 이야기를 듣고 도망갈 거면 지금 가라 그 말이었어.

네가 말했더라면 난 널 믿었을 거야. 그리고 나중에 들었다 하더라도 상관하지 않았을 거야. 정말로 그 소문대로 네가 술자리 끝나고 현우 형을 꼬시려 했다 해도 난 웃어넘겼을 거야. 보기와는 다르네, 재미있다고 여겼을 거야. 네가 지섭이랑 사귄 지 일주일도 안 되어 잠자리를 가졌다고 해도 속이 좀 뒤틀리긴 했겠지만, 과거에 대해 연연하는 스타일은 아니었기에 괜찮았을 거야. 게다가 날 만나기 전의 일들이었으니까. 넌 나를 몰랐어. 그때까지도.

물론, 이 모든 일이 모두 사실이 아니란 것을 아는 지금이니까 이렇게 내가 여유를 부리며 말하는지도 모르겠다.

네가 잘 알아듣지 못하는 것 같아서 다시 말했어. 나에 관한 소문들을 듣지 못 했느냐고. 그 소문들을 들었다면 네가 날 좋아하는 일은 없었을 것이고, 또 이제 앞으로 듣게 된다면 날 좋아한 걸 후회하게 될 거라고. 내가 좋아해 달라고 한 것도 아닌데 후회하는 모습까지 보고 싶지 않다고 말했어. 기억나?

기억나. 학교 운동장, 불이 꺼진 테니스장이었어. 내가 말한 것도 기억나니?

너는 나한테… 우습다는 듯이 아무렇지 않게 말했어.

무심한 듯 말한 것처럼 보이겠지만 진심이었고 그게 내 살아온 방식이었어.

그 소문이 어떤 것인지 모르겠지만 짐작하건대, 남자 여자 섞어놓으면 둘이 밥만 같이 먹어도 소문이 나고 뒤에서 입방아들을 찧는 거라고 말했어. 그러면서 그런 말들 뒤에는 어김없이 누구랑 누가 잤네! 어쩌네 하는 소문이 잡지사면 주는 부록처럼 따라붙는 것이라 말했어. 너는 참 아무렇지 않게 말했어.

사실이야. 난 그렇게 생각해. 그런데…. 반성하고 있어. 내가 겪어보지도 않은 일에 대해 너무 쉽게 얘기했구나. 단 한 번도 그런 일로 곤란하거나 힘들어한 적도 없는 데 너무 쉽게 나는 이야기했어.

그리고 그때는 너를 좋아했으니 사귀고 싶다는 그 마음뿐. 소문들로 인해-그게 사실이든 아니든-네가 힘들고 아플 거라는 생각 사실 못했을 거야. 난 그저 그런 얘기들은 빨리 끝내고 싶었던 것 같아. 우리 이야기를 해야 했으니까.

너와 내가 좋아하게 되고 사귀게 되는 우리 이야기 말이야. 그때 내가 조금 더 진지했더라면 그때 내가 조금 더 너를 들여다보았다면….

네가 그랬잖아. 그런 모든 일이 시작이었다고. 그때부터 시작되었다고. 그 시작점에서, 아니 조금 진행이 된 시점이라도 내가 너에게 그 부분에 있어 좀 더 관심 가지고 이야기를 나누었다면, 너의 아픔은 해소되었을까?

만약 그랬다면….

그랬다면….

지금… 넌… 살아있을까?

그 순간, 네 얘기를 듣는 순간, 지난날 내가 겪었던 상황들이 마치 다른 사람의 일인 것처럼 멀리서 볼 수 있게 되었어. 무슨 말인지 알아? 늘 그림자처럼 들러붙어서 나를 좇아오곤 했는데, 떼어내려고 아무리 숨이 차게 뛰어도 뒤를 돌아보면 아직도 내게 들러붙어 징글징글하다 싶을 정도였는데, 너의 그 무심한 말 몇 마디에 난 그 기억들을 저 멀리에 놔두고 올 수 있었어.

내 과거에 저기에 놓아두고 난 다시 앞으로 나아갈 수 있었던 거야. 내가 열어보지 않으면 영원히 닫혀 있고, 내가 굳이 찾지 않으면 찾을 수 없게 되었어. 내 마음속 상자에 꾹꾹 눌러두고 그 과거 속에 깊이 파묻고 난 돌아설 수 있었어. 이처럼 쉬운 걸 왜 지금까지 발목에 달린 무거운 추처럼 달고 다녔을까. 웃음이 나오더라.

실제 있지도 않을 일을 가지고 난 지난 시간을 그토록 시달리고 아파했었다니. 동시에 비에 젖듯, 네가 나에게 스며들었어.

말도 안 돼… 그토록 날 싫어했으면서 어떻게 그 몇 마디에.

넌 내 상처를 치유해주고 고통을 해소해주었어.

아니… 난 그렇지 못했어. 그리고 넌 네가 괜찮아졌다고 착각했던 거야.

넌 제대로 치유되지 못했어.

살면서 후회되는 일이 몇 없는데, 그 날이 후회된다. 이런 이야기를 힘들게 꺼냈던 그 날, 나는 그저 이 아이와 사귈 수 있을까 없을까에 전전긍긍해서 정작 그런 말을 왜 하는지, 도대체 어떤 일이 있었길래 이런 말들을 하는지 더 알고 싶어 하지 않아 했다.

나는 참. 미숙했다. 그때도. 그리고 지금도….

남자로 네가 어떤지는 그때까지만 해도 잘 몰랐지만, 인간적으로 널 믿을 수 있었어. 그것도 완벽하게 말이야. 한 치의 빈틈도 없이 널 믿었어.

네가 마음을 연 건 한참 뒤였어.

이 애가 나랑 사귀지 않았다면 어떻게 되었을까? 문득. 궁금해진다.

나는 좀 늦되었었어. 남자로 널 받아들이기까지에도 시간이 많이 걸렸지. 그렇지만 매 순간이 충만했고 완벽했어 우리는.

그래….

내가 널 믿었듯이 너도 날 믿었다고 생각해.

맞아….

난 어떻게든 이 애와 사귀었을 것이다.

서로에 대한 완벽한 믿음으로 우리만의 성에서 살 수 있었어. 너와 내가 만든 나라에서 말이야. 난 내가 회복되어 간다는 걸 느꼈어. 고등학교 친구들도 다시 만나기 시작했고 사진을 찍을 때 웃는 얼굴이 많아졌어.

글을 써야겠다는 결심을 했고 넌 내 최초이자 가장 열성팬으로 내 글을 읽어주었어. 그리고 우리 기념일에 넌 네가 쓴 단편 소설을 나에게 선물했어. 세상에 어떤 여자가 이런 선물을 받을 수 있겠니? 작가가 되고 싶은 나에게 넌 네 글을 선물했어. 한 남자와 한 여자가 사랑하는 이야기를 말이야.

나는 행복했어. 네가 나에게 준 마음들을 내가 표현하기에는 너무 부족하지만 널 만나던 때가 나에겐 가장 행복한 시간이었어. 너만 옆에 있으면 무엇이든 할 수 있을 것 같았고, 내가 잘난 사람이 아닌 더 좋은 사람이 되고 싶다는 욕심을 가지게 했어. 단지 네가 존재한다는 이유로 말이야.

난 너로 인해 처음으로 꿈을 가지게 되었고, 누군가를 행복하게 해주고 싶다는 생각을 했어. 부끄럽지 않은 삶을 살아야겠다는 다짐을 했어. 넌 누구나 진심으로 대하고 마음은 따뜻한 사람이었어. 네가 옆에서 날 이끌어 준다면, 내가 무엇을 해야 할지 알려주고 그 일을 위해 어떻게 살아야 할지에 대해 함께 생각해준다면, 난 자신이 있었어. 일에서도 성공할 수 있을 것 같았어.

너는 참 욕심나는 여자였어.

너는 날 변화시켰어. 고마워.

너는 날 성장시켰어. 고마워 유진아.

만약 오늘이 이 세상을 사는 마지막 날이라면 무얼 하고 싶은지 물어봤었잖아 네가.

난, 테이블을 두고 앉아 네 손을 잡고 오늘이 다할 때까지 널 바라보고 싶다고 했어. 넌 뭐라고 했는지 기억나?

목이 멘다.

내가 너와 세상의 마지막 날 하고 싶었던 것….

사랑하고 싶다고 했어. 그리고 언제나 마지막 날인 것처럼 사랑하자고 했어. 그때 난 우리가 참 많이 사랑한다고 생각했어. 우리는 헤어지지 않겠구나 생각했어. 그리고 또 하나 생각했어. 참 어리석었다고 말이야.

사랑이 뭘까 윤아? 늘 사랑이라고 확신하고 믿었는데 오늘은 문득 사랑이 뭔지 궁금해졌어. 내가 너에게 날 사랑하냐고 물으면 넌 장난스레 "사랑? 그게 뭐야? 먹는 거야?" 이렇게 말했었잖아.

그럼 넌 또 입술을 삐쭉거렸고…. 사실 그런 질문이 쑥스럽기도 했지만, 그 표정이 보고 싶어서 그랬어.

나도 궁금하다. 사랑이 뭐니 유진아?

넌 늘 나한테 사랑하냐고 물었잖아! 사랑한다고 말했잖아!

도대체 그게 뭐야? 결국엔 배신하고 상처 주는 거야? 죽을 만큼 좋아하다가도 한순간에 돌아설 수 있는 게 사랑이야? 몇 년 동안의 시간이 단 몇 분 만에, 헤어지자는 말 한마디로 끝나는 게 사랑이야?

네가 내 귓가에 속삭였던 그 사랑이 뭔지 나도 궁금하다.

사랑했어. 너를. 아직도 그게 뭔지 모르겠지만 내게 사랑은 너였어. 그리고 네가 곧 사랑이었어. 내게 있어 사랑이라는 이름을 가질 수 있는 사람은 오직 너뿐이었어. 미안해….

편지를 구겨서 방 한쪽 구석으로 던져 버렸다. 그래도 분이 풀리지 않아 다시 주워 갈기갈기 찢어버렸다. 아무것도 할 수 없었지만 이대로 있으면 미쳐버릴 것 같아 밖으로 나갔다.

한강 주변을 얼마나 달렸을까. 숨이 턱까지 차오를 때까지 뛰고 나면 떨쳐버릴 수 있을 것 같았는데 오히려 더 또렷해졌다. 판단이 서지 않는다.

그 애가 남긴 네 번째 편지는 날 사랑했었다는 메시지였다.

그게 왜 필요했을까? 나에 대한 미안함?

아니면 앞의 내용을 믿어 달라는 의미에서 던져 놓는 미끼와 같은 것일까?

자기 얘기를 믿어 달라는 여자들만의 간악한 술수인 것 같아 기분이 더러워졌다. 마음을 이용해 신뢰를 얻으려는 것이다. 아니 이건 마음을 조종하는 것이다.

사랑한다는 말로 마음을 흔들어 놓고 앞의 이야기를 내가 더 확실히 믿기를, 더 분노하기를 바라는 것이다.

사랑한다니, 사랑했었다니!

네가 어떻게 그런 말을 남길 수 있어? 그다음이 있어야 할 거 아니야. 사랑했었는데…. 이렇게 시작하는 너의 메시지가 있어야 했어.

아니면, 사랑했지만…. 이렇게 시작해도 괜찮을 것이고.

'사랑했다.'라고 끝맺을 편지가 아니었어.

네 입으로 나에게 한 번쯤은 설명해줘야 하잖아. 남에게 듣는 이야기 말고. 마지막까지도 넌 나한테 솔직하지 못해.

내가 더 너덜너덜해지더라도, 네가 더 나쁜 여자가 되더라도 넌 그렇게 해야 해. 아니…. 넌 나한테 *아니*라고 해야 했어.

모두가 그렇다고 해도 네가 아니라고 했으면 난 널 믿었을 거야. 그런데 넌 인정해버렸어. 너만 아니라고 했다면. 날 못 믿는 거냐고 차라리 나한테 화를 내고 삐쳤더라면. 난 너한테 잘못했다고 싹싹 빌고 남들이 뭐라 하던 우리 행복했을 거야. 너무나 쉽게 맞다고 고개를 끄덕이던 네가, 다시 한 번 물었을 때 그렇다고 대답한 네가….

반대편 쪽으로 뛰면서 다시 생각해본다. 유진이가 만약 부인했더라면 난 믿었을까? 그 애를 내 등 뒤에 세우고 그 애를 향한 공격을 다 감당할 수 있었을까? 그것 역시 난 자신이 없다. 난 언제 무너질지 모르는 약한 성벽이었을 것이다. 어쩌면 그 애를 앞에 세우고 난 뒤에서 고개만 빠끔히 내밀고 아무것도 모르는 척했을지 모른다. 우리 둘의 성을 온전히, 끝까지 지켜냈을 거라는 자신이 없다.

사실, 정말 내 속마음은 말이야 유진아… 내가 정말 너를 사랑했더라면, 내 안에 품었던 여자라면 그런데도 너를 계속 사랑할 수 있어야 했고 내 안에 품을 수 있어야 했어. 그런데 나는….

머릿속이 복잡하니 끊었던 담배가 당긴다. 참 웃긴 건 한창 필 때도 그랬지만 걸어가면서는 못 피우는 것이다. 꼭 앉아서 피고 싶어진다. 길을 걷다가 담배가 피고 싶어지면 참았다가 앉을 데가 있으면 앉아서 피고는 했다.

그 애가 생각난다. 한 번은 복도 끝에 있는 자판기에서 커피를 뽑아서 강의실로 걸어가는데 몇 걸음 걷다가 자꾸 멈추는 것이다. 걸음을 멈추고 커피를 홀짝이고 다시 조심스럽게 걸어가다가 멈춰서 한 모금 홀짝이고. 걸으면서 마시는 게 어렵냐고 핀잔 아닌 핀잔을 주었다. 걸어가면서 율무차를 마시는 날 신기하면서도 부러운 눈길로 넌 쳐다봤었는데. 지금 날 보면 너도 웃으면서 날 놀리겠지? 그 목소리가 들리는 것 같아 "어 정윤! 너도 걸어가면서 담배 못 피우네! 뭐." 어 정윤, 할 때는 눈이 똥그랗게 커졌을 테고 그 뒤에 말을 할 때는 그 눈이 반달이 되면서 웃었을 것이다.

근데 나 지금 좀 미친놈 같지 않아? 너 생각을 하면서 좋아했다가 다시 또 화를 냈다가. 머리에 꽃만 안 달았을 뿐이지, 비 추적추적 내리는 날에 발가벗고 길거리에서 춤추면 딱이겠다.

헤어지고도 지금처럼 네가 생각나지 않았어. 그저 네가 어떻게 그럴 수 있는지만 생각하고 화를 냈어. 좋은 건 하나도 떠오르지 않고 그동안에 나한테 무슨 암시를 준 건 없었는지 평소와는 다른 널 내가 체크하지 못한 건지에 집중했어.

진짜 너를 떠올릴 여유가 없었어. 그래서 지금 이런 가봐. 그런데 있잖아. 유진아. 내가 널 계속 미워하고 원망해도 좋으니, 술 마시며 다른 애들이랑 네 욕을 하고 다음 날 병신 같다고 후회를 해도 좋으니까 어쩌다 널 보게 되면 한쪽 가슴이 쓰릴지라도 네가 살아있으면 좋겠다는 생각을 해. 이렇게 널 추억하고 사소한 기억에 피식 웃음이 나는 일이 없더라도, 너의 좋은 점 하나 기억하지 못해도 좋으니 어딘가에서 네가 숨을 쉬고 살아있으면 그편이 훨씬 나을 거라는 생각이 들어….

집으로 들어간 나는 땀범벅이 되어 당장 샤워하고 싶은 마음이 굴뚝 같았지만, 그보다 먼저 내가 찢어놓은 그 애의 편지를 테이프로 다시 붙이는 작업부터 하였다. 어찌나 갈기갈기 조각조각 찢어놓았는지 그걸 맞추는 게 쉽지만은 않았다.

어쨌거나 마지막 연애편지니까.

그리고 몇 번이나 버리려고 아파트 분리수거장 쓰레기통에 가지고 갔던, 태우려고 라이터 불을 몇 번이나 켜게 만들었던,

그 애가 준 편지와 선물이 담겨 있는 상자에 함께 담아 두었다. 이제는 내가 이걸 들고 한밤중에 쓰레기통을 찾는 일도, 라이터 불을 댕기는 일도 없을 것이다. 그리고 다시 열어보는 일도 없을 것이다. 유치했어 나는.

이걸 버리고 나면 너에 대한 기억도, 추억도 잊힐 거라 생각했거든. 우리 과거가 없어질 것이라 생각했어. 그리고 모두 그렇게들 하니까. 이별하면서 치르는 어떤 절차 중의 하나이니까. 값비싼 선물을 돌려주고 사소한 것들은 버리는 거 말이야.

그걸 사람들은 정리라고들 하더라.

휴대폰에 저장된 그 사람의 사진을 지우고, 받은 편지와 선물을 버리고, 목록에서 이름을 삭제하고, 그 사람과 관계된 주변 사람들과 연락을 끊고. 그런 게 정리라고들 하더라고. 그게 잊을 수 있는 좋은 방법이라고들 하면서.

나도 그렇게 믿었어. 그래서 이 상자를 버리려고도, 네 사진을 태우려고도 했어. 남들이 하는 것처럼 해야 된다고 생각했어. 다들 이렇게 누군가를 잊어가니까 나도 늦기 전에 그 대열에 끼어야 한다고 생각했지.

그런데 그게 얼마나 어리석은지 지금 깨달았어.

너라면 벌써 오래전에 깨달았을 일을, 아니 너라면 처음부터 이 대열에 끼어야 한다는 생각조차 하지 않았을 거야.

그래 정말 바보 같다. 어떻게 사람을 잊을 수가 있겠니. 누군가를 완전히 잊을 수 있다고 말하는 사람은, 과거를 완벽하게 지워버릴 수 있다고 말하는 사람은 분명 거짓말을 하거나 허세는 떠는 거야. 왜냐하면, 그럴 수 없으니까. 잊었다고 생각해도 불쑥, 지워버렸다고 생각해도 문득 생각나니까. 완전히 잊을 수도, 지울 수도 없는데 그러려고 노력하다니 그게 어리석어.

그렇게 무언가 의식을 치르려고 하는 것이 잊기는커녕 오히려 더 내 마음에 품으려고 하는 행동이 아닐까? 나 자신을 위로하려는 행동인 것 같아.

그 사람을 지울 수 있다는 것을 보여주는 거지 나에게 말이야. 그리고 그걸 자존심이라 생각하고…. 결국 그 모든 것들은 형식일 뿐인데 말이야. 진짜 알맹이는 가슴 속에 살아서 아직 꿈틀거리는 데 말이야.

나는 너를 잊었다고 생각했어. 그런데 아니었어. 나는 너를 잊은 척 한 것뿐이야. 나 자신에게, 그리고 주변 사람들에게 보여주기 위해서. 널 잊은 척하고, 이미 마음에서 지워버린 지 오래인 척하는 게 자존심이라 여겼거든.

너를 미워하고 원망하는 나 자신을 보고 정말 너를 완전히 잊었다고 생각했어. 기분이 좋기도 했어. 너란 여자, 지독히도 나쁜 너를 잊었다고 생각하니 뿌듯하기도 했어.

가끔 네가 생각나도, 너의 고운 얼굴은 남자를 유혹하려고 하는 얼굴로 바뀌었고, 나를 행복하게 만들었던 웃음소리는 나에게만 들려주던 것이 아니라 여겼어. 친절하고 상냥했던 너를, 그걸 무기 삼아 또 다른 남자가 널 좋아하도록 만들었을 뿐이라고 생각하며 너를 미워했어. 내 머릿속에서 너를 만들어갔어. 실제의 너는 이미 지워지고 또 다른 네가 만들어지고 있었어. 너의 모든 행동과 말을 거짓이라 여겼고 가식이라 생각했어.

죽도록 미웠어. 내가 여자 경험이 없어 너 같은 애한테 속았다고, 다음부터는 너 같은 여자는 절대로 만나지 말아야지 하며 다짐했어.

그렇게 내 머릿속에서 너를 나쁜 여자로 만드는 게 우리가 헤어질 수 있었던 정당한 이유가 될 수 있었고 나를 위안하는 방법이었어.

오로지 나는 나를 위해 너를 떠올리며 비웃고 욕했어. 너도 언젠가 너랑 똑같은 남자를 만나 똑같은 꼴을 당하게 될 거라 실컷 퍼부어댔어. 비록 마음속으로지만.

그런데 있잖아. 이런 마음들이 내 내면의 껍데기라면 정말 깊숙한 곳에서는 너는 나를 향해서만 웃고, 내 얘기에 귀 기울이는 그런 아이였어. 그런데도 나는 껍데기를 걷어낼 수 없었어. 그러면 내가 너무 아플 테니까. 너를 아직 잊지 못하고 마음 한편에 두고 있다는 사실을 인정하고 너를 바라보며 아파해야 했으니까 그게 싫었어. 껍데기라는 것도, 방어막이라는 것도 알고 있지만 그걸 걷어낼 수 없었어.

내 마지막 자존심. 그게 있어야 나는 너에게 다가가지 않았을 테니까.

너를 미워하는 마음을 가져야 다시는 너를 사랑하지 않을 테니까.

그래, 여기까지 깨닫는 데도 오래 걸렸는데, 있지. 결국은 미워하는 마음도 사랑하는 마음도 한 가지더라. 그 이름을 달리 한 같은 마음이었어.

죽도록 너를 미워했으니, 너를 죽도록 사랑한 셈도 되네. 참 웃기지?

그런데 여전히 너 같은 여자를 만나지 말아야겠다는 생각에는 변함이 없어. 당연하잖아. 더 이상 내가 사랑했던 여자가 자살하기를 바라지 않아. 이 세상에서 없어져 가루가 되는 것을 원하지 않아. 마음껏 미워할 수도, 원망할 수도 없잖아.

내가 할 수 있는 건 오직 그리워하는 것밖에.

편지와 함께 갈기갈기 찢었던 사진 조각들을, 휴지통 밑바닥에 뭔가 끈적끈적한 것과 함께 달라붙어 있는 것들을 겨우 떼어 맞추어 보았다.

도대체 이 애의 이야기는 언제쯤 끝이 날까?

그리고 네가 남긴 편지들을, 그 이야기들을 내가 다 알게 된다고 해서 무엇이 달라질까?

아무것도 달라지는 건 없을 텐데, 너는 이미 죽었는데. 다 소용없는 짓이란 생각도 들어. 오히려 이렇게 될 때까지 너와 연인이기 이 전에, 같은 과 동기로서 너와 지냈던 내가 너무 무력하게 느껴질까 봐 그것도 두려워. 버겁다 유진아.

나는 이 모든 것을 짊어질 만한 사람이 못 되는데…. 너의 믿을 만한 친구들도 있을 텐데 왜 나를 선택했는지 난 모르겠어.

7

보이지 않는 곳에서는

한 사람이 보였다. 그 애가 남긴 사진 중에 사람이 찍힌 것은 나를 제외하고 이번이 처음이다. 어렴풋이 보이는 분수대. 입학식 하루만 물이 뿜어져 나오고 다른 때는 온갖 쓰레기들이 투하되어 우리가 재떨이라고 부른다.

군데군데 테이프로 덕지덕지 붙여 놓아 누군지 전혀 알아볼 수 없다. 그런데도 난 한 사람을 떠올렸다. 염색한 은빛 머리.

내가 아는 한, 우리 학교에서 저런 머리 색깔을 가진 사람은 단 한 명이다. 아니 내가 안다고 생각하는 사람 중에도 저런 머리는 한 명이다. 그러고 보니 사진 속에서 입고 있는 보라색 외투도 기억난다. 남자라면 시도조차 해보지 않는 보라색. 등에는 커다란 꽃이 만개하고 있던 그 외투다. 사실 이 녀석이 입는 옷 중에 정상적으로 보이는 게 몇이나 있을까?

큰 키에 삐쩍 마르고 늘 구부정한 자세로 담배를 피우는 그

놈이다. 손가락에는 반지를 대여섯 개씩 끼고 귀도 엄청나게 뚫은. 딱히 나쁜 놈도 아닌데 늘 사람들 입에 오르내리는. 처음에 입학식 때 이놈을 봤을 때는, 그래 고등학교 졸업한 뒤 해보고 싶은 게 많았겠지 하며 시도한 염색인 줄 알았다. 그리고 곧 까만색이나 뭐 사람들이 많이 하는 갈색으로 바꿀 줄 알았는데 대학 다니는 내내 저 색깔이었다. 사람 머리를 은색으로도 염색하라 수 있다는 것을 알게 해 준 녀석.

말도 없고, 어쩌다 어쩔 수 없이 뭘 물어볼 일이 생기면 단답형으로 대답해서 속 터지게 만들고, 그런데 성적은 늘 좋아 장학금은 꼬박꼬박 받는 괴상한 녀석인데.

왜 이 녀석이 사진 속에 있을까? 내가 알기로 유진이와 친분이 전혀 없었다. 그렇다면? 이번엔 이놈인가? 넌 또 무슨 짓을 한 거니?

늘 주목을 받았지만 한 번도 여자 문제로 시끄러운 적은 없었다. 아니지, 누구는 뭐 여자 문제로 시끄러웠나. 그건 모를 일이다. 그런데 이놈은 과 활동도 하지 않고 관심조차 없어 보였는데 언제 유진이와 만날 수 있었을까? 그렇다면 이번 편지는 이놈한테 받아야 하는 건가? 휴대폰의 전화번호부를 검색했다. 황태경. 없었다. 그래, 있을 리가 없다.

"어 나야. 혹시 황태경 전화번호 알아?"

몇 명에게 똑같은 말을 반복했을까? 내가 아는 우리 과 사람

중 그 녀석의 전화번호를 아는 사람은 아무도 없었다. 그게 누구냐고 묻는 동기도 있었다.

"난데, 그래 잘 지냈지? 좀 급해서 그런데 혹시 황태경 전화번호 알아? 그래 그럼."

끊으려던 찰나 수화기 속에서 긴급한 목소리가 들린다.

"홍대?"

홍대 클럽에 가면 만날 수 있다고 한다. 누군가 그 녀석이 클럽 무대에서 드럼을 치고 있다는 것을 보았다고 한다. 그런데 확실하진 않다고 말을 덧붙인다. 드럼? 홍대 앞 클럽은 모르겠지만, 드럼은 확실하다. 언젠가 놈이 입었던 티셔츠에 전설적인 드러머 '존 본햄'의 얼굴이 페인팅 되어 있던 것을 본 적 있다. 자기 티셔츠에 그려진 사람이 누군지 알고 입었다면 황태경은 틀림없이 드럼을 친다.

홍대 앞에 오긴 했다. 서울에 살면서도 몇 번 와보지 않은 곳이다. 대학 때 우연히 만난 고등학교 동창이 다짜고짜 자기가 홍대 클럽에서 공연한다며 꼭 오라고 티켓을 주는 바람에, 그가 나를 보고 너무나 반가워한 탓에 어쩔 수 없이 간 적이 있다. 무시하기에는 그 친구의 성의가 고마웠고 가지 않으면 왠지 미안하고 교내에서 마주치면 얼굴을 제대로 보지 못할 것 같기에.

어쨌든 오긴 했는데 막막하다. 이 주변을 빠삭하게 아는 것도 아니고 그렇다고 내가 찾을 이 녀석을 잘 아는 것도 아니니 말이다. 사실 어떻게 찾아야 할지 좀 막막하다. 해가 뉘엿뉘엿 넘어가고 어둠이 깔리기 시작하니 상점들과 가로등 불빛만이 거리를 비추고 사람들이 어디에선가 띄엄띄엄 나오기 시작했다. 오늘 안에 찾지 못할 것 같은 예감이 들어 우선은 좀 둘러보기로 하였다. 화방과 미술학원이 있는 거리에 머물렀다.

그러고 보니 그 애와 함께 왔던 기억이 난다. 꽤 인기 있던 드라마에서 장난감 만들기나 좋아하던 남자 주인공이 꽃미남들로만 구성된 카페를 차렸었는데 그 카페가 바로 이 홍대 앞에 있다고 해서 왔었다. 오래전 드라마인데 명절 때 다시 보기 서비스로 텔레비전에서 해주었다 했다.

나는 전혀 모르니, 유진이가 오고 싶다 해서 온 것이었다. 그땐 그랬다. 나는 비록 알지 못해도, 관심 없어도 그 애가 하자면 하고, 그 애가 가자면 가는. 그게 행복인 때가 있었다. 하고 싶은 건 다 하게 해주고, 가고 싶은 곳에는 데리고 가는 게 내 행복이었다.

결국, 그 카페 앞까지 갔지만, 입구에 써 붙인 메뉴를 보고 너무 비싸다며 들어가지는 않았었다. 내가 들어가자고 했지만,

그 애는 굳이 그럴 필요가 없다면서 내 팔짱을 끼며 다른 데 가서 마시자고 했다. 아마 나 때문이었을 것이다. 커피가 밥값보다 비싸다고 가끔 투덜댔었는데 그걸 기억하고 있었나 보다. 그러면서 또 입술을 삐죽거렸다. 드라마 세트장으로만 생각했지 정말 상업적인 목적으로 카페를 차렸을 거라고 생각을 못 했다며, 미안하다고 말했었다. 왜 미안하다고 했지?

그곳을 지나 특이하고 누가 입기나 할까? 라는 생각을 가지게 하는 옷가게들을 지나고 있다. 저런 옷을 왜 만들었을까, 옷 만드는 게 장난인가, 나도 만들겠네, 라는 생각을 하며 팔짱을 끼고 심드렁하게 보고 있는데 유진이의 눈은 반짝거렸다. 어떻게 저런 생각을 했을까, 정말 상상력이 풍부한 사람인가 봐, 라는 말을 하며 연거푸 감탄하는 그 애를 보며 사랑스럽다고 생각했었다. 그래. 그랬었다. 유리 진열장에 꼭 붙어서 눈을 반짝이는 그 애가 사랑스러웠다. 그래. 그랬었는데.

별이 잔뜩 그려져 있는 장화를 사고선 빨리 비 왔으면 좋겠다고 백번도 더 말했던 그 애가 사랑스러웠다. 막상 비가 오니 쑥스러워서 신고 나가지 못하겠다며 울상을 지었고 내가 알기로는 한 번도 신지 못했었다. 그 애의 침대 옆 서랍장 위에 있는 장화. 불이 꺼지면, 야광이었던 그 별들이 반짝반짝 빛난다고 좋아했었는데.

벌써 술에 취해 전봇대를 붙들고 토하는 사람들을 보다가 도착한 곳은 놀이터였다. 한쪽 벽에는 스프레이로 잔뜩 그림을 그려놓았고 미끄럼틀과 그네가 있었다. 중간에 내가 어릴 때 제일 싫어하던 뺑뺑 돌아가는 놀이기구도 보였다.

벤치에 앉아 담배 한 개비를 물었다. 헛웃음이 나온다. 그 애가 살아있다면 난 홍대를 거닐면서도 그 애를 기억하지 않기 위해 애썼을 것이고, 설사 기억난다 하더라도 더 안 좋은 쪽으로 생각했을 것이다. 죽었으니, 이 세상에 없으니 그 애가 얼마나 사랑스러웠는지, 내가 그 애를 소중히 여겼는지에 대해 알 수 있는 것이다. 어쩌면 난 그 기억을 더 미화시키고 있는 것일지도 모르겠다.

고등학생으로 보이는 여자애들 서넛이 모여 그 벽 앞에서 담배를 피우고 있다. 한 명이 도넛 모양으로 연기를 뿜어대니 다른 애들도 서로 해보겠다고 난리다. 도넛 모양을 만들었던 여자애는 별일 아니라는 듯 어깨를 으쓱해 보였지만 분명 그 표정은 우쭐해 보였다.

고등학교 때 담배 피우던 일이 생각난다. 쉬는 시간에 피면 화장실이며 창고 뒤며 선생님들한테 들킬 염려가 많았기 때문에 항상 수업시간에 화장실 간다고 나와 옥상에 올라가서 한 개비 피고 다시 수업에 들어갔다. 난간에서 바라보면 운동장에는 가끔 체육 수업을 받는 학생들이 달리고 있었고 하늘은 정말 구름 한 점 없이 파랬다. 햇살이 좋은 날에는 드러누워 자다가 선생님께 혼나기도 여러 번이었지만 그 시간만큼 행복하고 충만한 적이 없었다. 눈을 감으면 다시 그 시간으로 돌아갈 것 같아 잠시 눈을 감았다. 그러다가 이게 웬 미친 짓이라는 생각에 금방 눈을 뜨고 다시 둘러보는데 그 여학생들은 이미 가고 없었다.

그 벽 너머에 있는 화장실에 가려고 일어섰다. 담배는 다시 시작했지만, 손에서 냄새가 나는 건 여전히 싫었기 때문이다. 벽에는 공연을 알리는 밴드 포스터가 덕지덕지 붙어 있었다. 하나같이 일본의 전설적인 록 밴드 멤버들 같은 머리를 하고 있고 얼굴 여기저기 피어싱을 했다. 어떤 포스터는 핏물이 뚝뚝 떨어지는 것 같다.

그중 하나. 그놈이 있다.

색깔은 그대로지만 스타일은 조금 바뀌었다. 앞머리를 오른쪽에서 왼쪽으로 점점 더 길게 컷을 했으며 그 덕에 왼쪽 눈과 볼의 절반 정도를 가리었다. 입술까지 뚫었네. 아니, 원래 뚫었었나.

공연은 오늘 밤이다. 시계를 보니 지금 가면 그 녀석을 볼 수 있을 것 같았다.

포스터 한 귀퉁이에 그려진 약도를 휴대폰으로 찍어 찾아갔는데 그곳엔 클럽이 없었다. 내가 약도를 잘못 봤나 싶어 다시 보았지만 분명 여기 있어야 하는데 보이지 않는다. 구글 맵에 클럽 이름을 치니 영업 중이라고 나온다. 하지만 찾을 수 없다. 그러고 보니 여기는 클럽 같은 건 있지도 않은 동네이다. 가로등도 몇 개 없이 어두컴컴하고 지나다니는 사람도 없다. 조그만 담뱃가게의 불빛과 그 옆 피시방 간판만이 깜박이고 있을 뿐이다. 그 길의 끝까지 가다가 막힌 벽을 보고 다시 돌아오는 길에 구멍가게에서 바나나 우유를 샀다.

"삼각김밥은 없어요?"

"그런 건 없는데…."

쭈그리고 앉아서 뜨개질하던 할머니가 괜히 미안한 표정을 지으며 대꾸한다.

"할머니 혹시…."

그 순간 갈등된다. 저 할머니가 클럽을 알까? 밴드를 알까? 그래도 밑져야 본전이다. 홍대 바닥에서 들은 게 있을 것이 아닌가.

"이 근처에 클럽이 있나요?"

"뭐라고?"

"클럽이요. 젊은 애들이 가는 곳인데… 아니에요. 됐어요. 얼마에요?"

난 손사래를 치며 뒷주머니에서 지갑을 꺼냈다.

“1,500원…. 젊은 애들은 저기로 뻔질나게 드나들던데?”

“어디요?”

“조기.”

할머니가 가리키는 방향을 보니 피시방이다. 그렇지. 거기라면 젊은 애들이 뻔질나게 드나드는 곳이지.

“옷차림도 요상하고 사내놈들이 화장도 하고. 여기 거스름돈.”

이상하다. 다시 피시방을 본다. 그 옆 담뱃가게도 본다. 할머니 말씀대로 옷차림도 요상하고 화장을 하는 사내놈들이라면 눈에 띌 텐데 개미 새끼 한 마리도 보이지 않는다. 도대체 그 애들은 어디 있다는 거야? 그때 여자 한 명과 남자 둘이 피시방으로 들어간다. 아니다. 피시방이 아니다. 피시방과 담뱃가게 사이로 들어갔다. 바나나 우유를 급하게 들이마시고 그들이 들어간 쪽으로 뛰어갔다.

이런. 허름하고 좁은 문이 있었다. 만약 그들이 들어가는 것을 보지 못했다면 여기에 이런 문이 있는지 몰랐을 것이다. 나뿐만 아니라 이곳을 지나가는 다른 이들 역시 이런 곳에 문이 있을 거라고, 저 안에 클럽이 있을 것이라 꿈에도 생각 못 했을 것이다. 왠지 아는 사람만 들어갈 수 있는, 허락받은 자들만이 들어갈 수 있도록 암묵적으로 동의가 이루어진 곳이란 느낌이 들었다. 손잡이도 없는 문 앞에서 잠시 망설이다 천천히 밀어보니 삐걱하는 소리와 함께 보기보다 육중한 느낌이 들며 열렸다. 불빛 하나 없는 계단. 휴대폰 손전등으로 발밑을 비추며 내려가니 그제야 음악 소리가 들렸다. 보통 다른 곳은 시끄럽고 요란할 텐데 이곳은 조용하다. 그저 음악 소리만 들릴 뿐이다.

무대를 보니 그놈이 보인다. 자리를 잡고 앉아 버드와이저를 주문했다. 조명을 받으며 드럼을 치는 놈의 얼굴이 행복으로 빛난다. 학교에서 봤을 때는 그저 음침하고 어두운 기운을 뿜어낸다고 생각했는데, 이렇게 어두운 데서는 저토록 기쁨과 행복으로 빛나는 얼굴을 하고 있다니. 연주가 끝나자 박수 소리가 들린다. 보컬이 짧은 감사의 말을 남기자 무대 조명이 모두 꺼졌다. 끝난 건가?

맥주를 벌컥벌컥 마시고-젠장, 오늘은 뭘 마셔도 체할 것 같다-그들이 사라진 곳으로 따라갔다. 무대 뒤에는 좁은 방이 있었다. 침입자가 들어서니 다들 뭐야, 하는 눈빛으로 나를 바라보았다. 그놈도 나를 본다. 그러더니 다시 고개를 돌린다.

“저기….”

아까 그 놀이터. 이 어색한 침묵이 공기를 타고 우리 주위에 머물러 있다. 학교 다니는 그 몇 년 동안 이렇게 단둘이 있어 본 적이 없는 터라 그지없이 어색하고 불편하다. 술이라도 한잔하면서 이야기를 하면 좀 나을 것 같은데 그런 제안을 할 엄두가 나지 않는다.

"할 얘기가 좀 있어서…."

"그럴 만큼 우리가 친했던가?"

싸늘한 그의 말에 이야기를 꺼낼 마음이 쑥 들어간다. 나도 유진이만 아니었으면 너 같은 놈이랑 1분도 같이 있지 않을 거다. 그런데 저음이 꽤 듣기 좋다.

"시간 내줘서 고마워."

도대체 이놈이랑 무슨 일이 있었을까? 이렇게도 싸늘하고 재미없는 반응을 하는 녀석인데. 기본적으로 상냥하고 친절함의 도가 다른 사람보다 높은 유진이는 이런 부류의 사람을 좋아하지 않는다. 이해하지 못하는 것이다. 아니, 모르겠다. 그 애가 부류를 따져가며 사람을 좋아하고 이해했었나?

어쨌든 대답이 나오지 않는다. 나도 모르겠다. 다시 침묵이 흐른다. 녀석은 보채지 않고 대답을 기다려준다. 담배를 피워 물며 나에게도 한 개비 주기에 불을 붙이고 한 모금 빨았다. 어떻게 이야기를 꺼내야 할지 영, 감이 오지 않는다.

"장례식 갔다 왔어."

녀석이 먼저 말을 꺼낸다. 그것도 생각지도 못한 발언이다.

"그랬어?"

"둘째 날 새벽에."

"그랬구나…."

또다시 침묵. 궁금하다. 어떻게 얘기를 꺼내야 내가 미친놈처럼 보이지 않을까를 사실 고민하고 있다. 그런데 누가 연락했을까? 그 애의 죽음을 황태경에게 알려야 한다고 누가 생각을 했을까?

"유진이 친구가. 고등학교 친구라 하던데."

"친구?"

마음속에서 괴물이 의심의 냄새를 맡고 고개를 번쩍 쳐든다.

"그 애 휴대폰 친구 목록에 내가 있었대."

고개를 치켜들고 킁킁거리던 괴물은 다시 잠든다. 친구 목록…. 누가 또 있었을까? 다행이라는 생각이 드는 건 왜인지. 적어도 내가 생각했던 그런 류의 관계는 아니었나 보다. 이 일에 파고들수록 나란 놈이 비열하고 속물이란 생각이 점점 강하게 든다.

"많이 생각했어."

"뭘?"

"내가 그 애에게 해서는 안 될 말을 한 것 같아."

해서는 안 될 말. 이놈도 유진이를 비난하는 데 일조를 했나 보다.

그래, 넌 무슨 상처를 주었니. 도대체 몇 명이나 그 애를 아프게 한 것일까. 죽음으로 가는 길에 레드 카펫을 깔아준 것일까. 갑자기 등골이 오싹해진다. 팔에는 두드러기가 돋는다.

조용히, 아무도 모르게, 그러나 모두들 알면서 그 애를 죽게 만들었던 것이다. 우리 모두는-그래, 나 역시- 그 애를 죽이는 데 동의했던 것이다.

"사실…."

바지 뒷주머니에서 내 낡은 지갑을 꺼내 사진을 보여주었다. 여전히 끈적끈적한 무언가가 묻어 있어 천 원짜리와 딱 붙어 있었고 떼어내기 힘들었다. 그보다 설명해야 했다. 왜 친분도 없는 내가 여기까지 찾아왔는지, 네가 왜 이 사진에 찍혀 있는지, 그리고 왜 이 사진을 찍었는지, 그리고…. 그 애가 남긴 편지들까지도 얘기해야 했다.

"남긴 게 좀 있어. 편지랑…. 사진을 주었어…. 편지에는 내가 알지 못했던 그 애의 이야기가 쓰여 있었고. 학교에서 있었던 지극히 개인적인 이야기 말이야. 사진은… 뭐 사진도 그 편지들이랑 연관된 거고."

사실은, 그 애가 사고로 떨어져 죽은 게 아니라, 남들이 장례식에서 떠들어대던 대로 긴 치마를 밟고 떨어져 죽은 게 아니라 자살한 거란다. 도저히 이렇게는 말이 나오지 않는다.

'그 애가 그렇게까지 되는데 과정을 지금 내가 밟고 있어. 그런데 네 사진도 있더라. 그러니 너도 그 애가 죽는데 어떤 도움을 준 거야.'라고도 역시 말할 수 없다.

지금 나에게는 그런 모든 것은 숨긴 채 상대방의 비밀을 캐낼 수 있는 호그와트에서 스네이프 교수의 방에만 있다는, 진실을 말하게 한다는 베리타세움이 절실히 필요하다. 오싹하게 춥더니 또 더워진다. 태경이 입을 뗀다.

"비 오는 날이었는데. 갑자기 쏟아진 비가 아니라 웬일로 일기예보가 딱 들어맞아 사람들 모두 우산을 챙겨 집 밖으로 나온 그런 날이었어. 그래서 비를 피하려고 뛰어가거나 신문이나 책으로 머리를 감싸고 가는 사람도 없었어. 그런데 걔는 비를 맞고 가더라."

"유진이?"

"어."

나에게 생각할 틈을 주는지 녀석이 잠시 말을 멈춘다.

비 오는 날은 좋아하지만, 비 맞는 건 무엇보다 싫어하는 아이였다. 내가 잘못 알고 있었나. 빗방울이 창문에 부딪히는 소리에 잠에서 깰 때가 있는데 그때 기분이 좋다면서 전화를 했었다. 웬일로 일찍 일어났나 싶으면 어김없이 비가 오고 있었다. 그래서 비 맞으러 갈까, 하고 물으면 망설이지도 않고 그건 싫다고.

"걔는 뛰어가지도 않고 건물 현관에서 비가 그치기를 기다리지도 않았어. 그냥 걸어가더라. 누군가 그 애를 아는 사람이 나타나길 바라면서 한참을 보고 있는 데도 나타나지 않았어. 우리 과 남자애들이 그 근처를 지나가길래 이제 됐다, 하면서 발길을 돌리려 하는데 그냥 지나쳐 가더라. 그건 못 보고 지나간 게 아니라 보고서도 모른 척 한 거였어. 확실히. 그게 괘씸해서 내가 그 애에게 뛰어갔어. 나답지 않은 행동이었지 생각해보면."

유진이를 지나쳐 간 남자들. 비가 쏟아지는데, 하늘도 컴컴한 그런 날에는 모르는 사람이 비를 흠뻑 맞고 지나간다 해도 우산을 씌워줄 것이다. 가슴이 먹먹해진다.

"유진이는… 뛰는 걸 싫어해. 뛰면 그 많은 사람 중에서 더 튀어 보인대. 그래서 싫어해."

"놀랄 줄 알았는데 놀란 눈이 아니라 눈물이…. 아무 말도 하지 않고 집까지 데려다줬어. 조그만 목소리로 들릴락 말락 고맙다 하고 들어갔어."

울고 있었구나! 또. 늘 그렇게 울고만 있었어.

그런데 날 만날 때는 어떻게 그렇게 밝을 수 있었을까? 햇살같이 빛날 수 있었을까. 나는 전혀 모르고 있었다. 이런 일들이 있었는지, 내가 보지 않을 때 그렇게 울고 있었는지, 그토록 싫어하는 비를 맞고 걸어 다녔는지, 그리고 사람들은 그걸 무심히 지나쳤다.

생각해보면 작은 단서들이 널려 있었는데도 아무도 몰랐다. 그 애가 서서히 죽어가고 있다고, 죽기 위한 결심을 하고 있는 걸 그 누구도 몰랐다. 아마, 그 자신도 몰랐으리라.

"며칠 뒤에 문자가 왔어. 그때는 제대로 인사를 못 했다면서, 고마웠다는 말이었어. 좀 놀랐어. 사실 내 전화번호를 알고 있을 거라 생각하지 않았거든. 나중에 들으니 학과 사무실에 물어봤다고 했었어. 어쩐지 이 애와는 좀 잘 지낼 수 있을 것 같다는 생각이 들었어. 친밀함까지는 아니었지만 고맙다는 말을 하기 위해 그런 수고를 아끼지 않는 점에 호감을 느꼈어."

"다른 사람은 따라올 수 없는 그 애의 장점이야."

그래. 좋은 점이 많았는데….

"너에게 남겼다는 그 편지가 어떤 내용인지 짐작할 수 있어."

나는 놀란 눈으로 그를 보았다. 그의 눈빛에는 거짓이 없었다.

"얘기했었어. 나중에 우연히 한 번 더 만나게 됐었거든. 늦은 밤이었는데 혼자 집에 가고 있더라. 학교 뒤 언덕을 올라가고 있었어. 축제 기간이라 밤늦게까지 학교가 시끄러웠어. 나도 공연 끝나고 뒤풀이 가려고 멤버들 기다리고 있었거든. 그런데 그 애 뒤에 누가 따라가더라. 남자였어. 어두웠고 언덕에는 그 사람을 제외하곤 아무도 없었어. 가로등 몇 개만이 켜져 있었는데 또 그냥 지나칠 수가 없었어. 사실 별 의도는 없었고, 만약 그 애에게 무슨 일이 생긴다면 내 맘 한 귀퉁이에서 자책감이 밀려올 것 같았기 때문이야."

"고마워."

나도 모르게 툭 튀어나온 말. 당황한 내 표정이 그대로 드러나지 않는 밤이라 다행이었다. 다행히 황태경은 별 신경을 쓰지 않는 듯하다.

"따라가던 그 사람은 곧 다른 골목으로 들어가 버렸어. 집까지 들어가는 걸 봐야겠다 싶어서 더 따라갔는데 집 앞에서 그 애가 들어가지 않는 거야. 빌라 입구 앞 계단에 앉았어. 그리고 무심히 하늘만 보았어. 어디론가 전화를 걸었는데…. 엄마였어. 별 내용도 없었어. 집에 가는 길에 전화해봤다, 일찍 다니는데 오늘 축제라 좀 늦게 들어온 거다…. 뭐 그런 거."

난 간간이 한마디씩 할 뿐인데 지쳐가고 있었다. 듣기만 해도 힘든 이야기들을 겪었다고 생각하니 마음이 아팠다. 그 늦은 시간에 엄마한테. 그건 곧 전화할 사람이 없었다는 것이다.

그 애는… 지독히도… 외로웠던 것이다.

"짧은 통화였어. 그리고 또 멍하니 앉아 있었어. 돌아서는데 내 옷자락이 벽에 긁히며 사스락 거리는 소리를 냈어. 그 애가 움찔하며 이쪽을 보더라. 그래서 이야기를 좀 하게 되었어. 물론 나도 들어본 이야기였지만 내색하진 않았어. 나 역시도 알고 있다고 말한다면 그 애는 더 깊은 한숨을 쉴 테니까. 천천히 다 말했어. 그동안 어떤 일들이 있었는지 자기가 지금 어떤 상황에 처해 있는지를 말이야."

누구든지 붙잡고 이야기하고 싶었는지 몰라. 자기 말만 들어

준다면.

“왜 나에게 그 얘기들을 했는지 몰라. 굳이 할 필요도 없는 그런 밤이었는데 말이야. 도서관에서 오는 길이라고 했어. 혹시라도 누가 자기를 불러주면 금방이라도 나갈 수 있게 말이야. 그 긴 이야기를 다 듣고 이젠 내가 말할 차례였어. 사실, 쓰레기 같은 얘기들을 안주 삼아 술을 마신다는 걸 과 활동 전혀 안 하는 나조차도 알고 있는 정도면 사내새끼들이 참 할 일도 없다 생각뿐이었어.”

황태경이 하는 말을 좀 더 듣다가는 이놈을 존경할 수 있을 것 같은 생각이 들었다. 고개를 흔든다.

“그게 사실이든 아니든 나와는 상관없었어. 아무려면 어때. 그런 생각이었어. 그런 소문들을 들었을 때도 진실의 여부를 떠나 개인의 프라이버시에 대해 떠들어 대는 게 마음에 안 들었을 뿐이야. 그 애가 얘기할 때도 마찬가지였어.”

“그 애 편이 되어 주지 않았구나.”

“응. 그럴 필요가 없었어. 난 신경도 안 쓸뿐더러 남의 사생활에는 관여하고 싶지 않았거든. 또, 전적으로 네 말을 믿는다는 거짓말도 할 수 없었어.”

실망했을 것이다. 아니, 후회했을 것이다. 잘 알지도 못하는 사람한테 자기 이야기를 하는 모습을 상상해보다 멈춘다. 마음이 아파 도저히 더 상상할 수 없다. 그 애는 자기를 믿어 달라고 마음속 깊은 이야기들을 힘겹게 꺼낸 것인데…. 또 한 번 누군가를 믿어보려고 또한 자신을 믿게 하려고 시도한 것인데 실패한 것이다.

그렇게 절박했을까. 친하지도 않은 사람을 붙잡고 자신의 치부를 드러내는 게 쉬운 일은 아니었을 텐데.

"그렇게 그대로 말했어?"

"믿지 않는다고 했어. 내가 직접 본 게 아니니까. 그렇지만 이건 다른 사람들이 그 애에 대해 내 앞에서 말했어도 믿지 않는다 말했을 거야."

"유진이가 말한 게 맞아…."

알 수 있어. 이제야 알 것 같아. 그 애는 자신이 잘못한 일에 대해서 비난받는 것은 당연하다고 생각해왔거든. 그래, 이제야 그 애가 어땠는지 떠오른다.

반성을 하고 한 발짝 더 앞으로 나갈 수 있는 강한 아이였어.

그런데, 이유 없는 비난에 대해서는 한없이 나약했어.

이유 없는 비난이니, 자신이 진실하다는 증거를 댈 수가 없었거든.

그 애가 잘못한 점은, 왜 자신을 비난하는 사람들을 주변에 빙 둘러서게 해놓고 한가운데 서서 그 엄청난 걸 감당하려 했을까 하는 거야. 정말 그 애를 사랑하고 위해주는 사람들이 있을 텐데 그 사람들을 방패로 삼지 않고 자신을 미워하고 욕하는 사람들을 세운 뒤 자신을 힘들게 놔두었어.

만약 나라면, 날 비난했던 그들의 이유에 대해서 정말 내가 했는지에 대한 증거를 대라고 난리 쳤을 거야. 하지 않았다는 증거를 왜 내가 대야 해? 그딴 소리를 지껄인 것들이 증거를 가지고 와야지. 그 애는 자기가 하지 않았다는 증거가 없기 때문에, 또 큰 목소리로 당당하게 나서지 않았기 때문에 더 비난받았어. 움츠러들었지.

그렇게 가만히 있으니 사람들은, 그 애가 잘못을 해서 할 말이 없기에 그렇게 있는 줄 알았을 거야. 이렇게 나는 그 애를 잘 아는데. 어쩌면 내가 도와줄 수도 있었는데.

황태경이 말을 이어간다.

"실망한 눈치였어. 또 울까 봐 조마조마했는데 울진 않았어. 그 비 오는 날처럼 인간 수도꼭지인 모습은 보고 싶지 않았거든. 난 나빠 보이지만 누구를 울리진 않았어… 그리고 그 애에게 말했어. 이건 정말 그 애를 위해서 말한 거야."

무슨 말이든 약이 아니라 독이 되었을 것이다.

"아무도 믿지 말라고…."

"아무도 믿지… 말아라?"

"그래. 사람을 너무 믿어서 또 사람을 너무 좋아해서 그렇게 된 것 같았으니까. 그런데 그 애 소식을 듣고 내내 후회했어. 그 때 내가 너의 말을 믿는다고 거짓말이라도 그렇게 말했다면 그 애 마음이 좀 좋지 않았을까… 아니면 더 가까이 지냈다면 달라졌을까….”

황태경이 고개를 숙인다. 달라졌을까…. 나도 끊임없이 생각했다. 이렇게 하면 달라졌을까, 그 애가 살아있을까….

믿지 말라는 말. 사람을 믿지 말라는 거. 그 애는 한 번도 생각해보지 않은, 생각할 수도 없는 그런 개념이야. 그 애는 당연히 사람을 믿어. 믿고, 안 믿고를 생각해서 결정하는 게 아니라 그냥 믿어버려. 그래, 위험해. 무모하지. 그런데 그렇게 살아온 아이야. 그런 애한테 세상 그 누구도 믿지 말라고 말했으니…. 그만큼 세상이 무섭고 가혹하다고 말한 것이나 마찬가지인데…. 그래도 세상은 따뜻하고 좋은 사람들로 가득하다고 믿었을 텐데, 그 희망을 품고 살아갔을 텐데 네 얘기는 충격이었을 거야. 그리고 자신을 돌아봤을 거야. 그래, 유진이 같은 아이에게는 필요한 말이야. 그런데 타이밍이 좋지 않았어. 그 애는 그때 너무 나약했어. 말 한마디에, 행동 하나에 바스러질 만큼 힘들었을 때야.

“유진이, 그 말 듣고 무서웠을 거야.”

그 말에 황태경이 고개를 든다.

“그랬나? 그냥 웃더라. 미소 지었어.”

"그랬어?"

그 눈은 그 날 밤을 회상하는 듯하다.

"고개를 끄덕거리며 무슨 생각을 하는가 싶더니 나한테 무슨 악기를 하느냐고 물어봤어. 밴드 친구들 기다린다고 말했었거든. 드럼을 한다니까 그 애의 눈이 동그래지더니 이내 반달이 되었어."

자세히도 봤네. 황태경이 유진이 옆에 있었다면, 그러니까 남자친구였다면 달라졌을까? 모든 것을 아무렇지 않게 생각하고 넘어갈 수 있었을 것이다. 황태경이라면 다른 사람들은 신경 쓰지 않게 만들었을 것 같다. 무슨 생각을 하는 거야 지금.

"걔는 밴드 그런 거 잘 몰라."

"밴드나 음악을 잘 모를진 몰라도 그 애가 한 말은 나에게 충격이었어. 물론, 내가 그 애에게 준 충격과는 전혀 다른 것이지만."

황태경의 입가에 미소가 번진다. 그러더니 처음으로 나를 똑바로 바라본다. 유난히 밝은 갈색 눈이 컬러 렌즈를 낀 것이라 생각했는데 자연 갈색이었다.

유진이가 이 녀석 눈을 보았다면 분명, 따뜻한 사람일 것이라 생각했을 것이다. 갈색 눈을 가진 이는 마음이 따뜻한 사람이고, 까만색 눈을 가진 이는 남들보다 더 정직한 성품을 가졌다고 내게 말한 적이 있다. 정말 특이하다고 말했더니 사람을 보는 자기만의 기준이라고 하였다. 그런데 가만히 그 사람의 눈동자를 들여다볼 일이 별로 없어 판단할 일이 없다고 말하면서 내 눈을 빤히 들여다보았다. 난 긴장되었다.

내 눈은 무슨 색일까? 나도 잘 모르겠고, 생각해 본 적도 없는데. 동태눈처럼 탁하면 분명 내 마음도 그럴 것이라 생각할 텐데…. 그 애는 내 눈을 보고 방긋 웃었다. 우리 윤이가 정직한 이유가 있었네. 너처럼 눈동자가 까만 사람은 처음 봐. 너 모르지? 내 이상형이 눈동자 까만 사람이라는 거.

네가 잘못 짚었어. 유진아. 그 애의 눈동자는 어떤 색이었더라? 잘 기억나지 않는다. 기억나는 건 그 애의 눈빛이다.

커피잔을 부서질 만큼 꼭 붙잡고 눈물을 뚝 뚝 흘리다가 내 목소리가 울먹이는 걸 느끼자 그때 고개를 들어 나를 보았던 그 눈빛.

"왜 그렇게 봐?"

"어, 아니. 유진이가 뭐랬는데?"

"드럼 소리가 심장이 쿵쿵하고 뛰는 소리 같대."

그 애다운 말이다. 유진이답고, 유진이스러운 말에 웃음이 난다.

"아무 말을 하지 않아도 들을 수 있냐고 물어보더라. 난 걔가 농담하는 줄 알았어."

"그게 무슨 말이야?"

"그러니까… 내가 모르는 표정을 지으니 걔가 뾰로통한 표정을 말하더라. 말은 껍데기일 뿐이고, 심장이 하는 말이 진짜인데 넌 드럼을 치니 누군가의 심장 뛰는 소리에 귀 기울이면 무슨 말을 하는지, 어떤 마음을 가졌는지 알아야 할 거 아니냐고. 어이없는 말을 아주 당당하게 하더라."

그래, 말은 껍데기야. 그런데 사람들은 껍데기를 보고 판단하고 믿어. 왜냐하면, 진짜 알맹이는 보이지 않으니까. 껍데기를 알맹이로 착각하기도 하고.

그래서 더더욱 사람은 말을 해야 해. 그렇지 않으면 아무도 몰라. 네 마음이 어떤지. 네 감정이 어떤지 말이야. 널 비난하는 사람들, 너에게 상처 줬던 사람들에게 말을 해야 했어. 적어도 노력했어야 해. 너 자신을 위해서. 그런데 너는 너무 침묵했어. 그러다 곪아서 결국 그렇게 터져 버린 거야.

침묵의 소리? 그런 건 없어. 침묵은 소리 내지 못하니까.

"그 말을 들으면서… 애 정말 특이하다. 그 생각했어."

"그래 맞아. 특이해. 이상하지."

"응. '이렇게 이상하고 특이한 애를 과연 다른 사람들이 이해할 수 있었을까?'란 생각이 들더라."

"난 그런 점이 좋았어."

"그랬을 거 같아. 아름답다는 그 말. 무슨 뜻인지 그 애를 보면서 느껴졌어. 오해하지는 마. 그 이상은 아니었어."

"그래…."

"그런데 왜 그렇게 내버려 뒀어?"

무슨 말인지 몰라 황태경을 본다.

"남자친구였던 네가 감싸주었다면 그렇게까지 되지 않았을 거란 생각이 들어. 그런데 걔가 너한테는, 나한테처럼 얘기하지 않았겠지? 널 붙들고 자기 이야기를 하고, 그 짐을 덜어내려는 시도조차 하지 않았겠지?"

어깨가 뻣뻣해지면서 입이 바싹 마른다. 나는 순간 황태경에게서 나를 비난하는 눈빛을 발견했다. 아주 잠시뿐이었지만, 그건 분명 비난의 눈초리였다.

"그래. 걘 나한테 아무 말도 안 했어."

"왜 안 했을까?"

"하기 싫었나 보지."

화가 나는 걸 억지로 참으며 말했다. 나도 묻고 싶다. 왜 나한테는 아무 말도 없다가 이제야 이 엄청난 얘기들을 쏟아붓는 건지.

"부담 주기 싫었을 거야. 군대에서 힘들다고 징징대며 전화하는 너한테 자기 힘든 건 말 못했을 거야. 물론, 징징대며 전화했을 거라는 건 내 추측이야. 오해 마."

그래, 그랬다. 인정하기 싫지만 그랬다. 고된 훈련에, 아무리 먹어도 허기진 쓰레기 같은 밥을 투덜대며 면회는 언제 오는지,

그때마다 먹고 싶은 걸 유진이는 받아 적고 바리바리 싸왔다. 무겁지 않으냐는 말 한마디 한 적 없었다.

"휴가라도 나오면 즐겁게 보내고 싶었을 거야 널 위해. 아무 생각 없이 놀고 싶은 너한테 분위기 잡아가며 심각한 이야기들을 하고 싶지 않았겠지."

그래. 즐거웠어. 내가 나오는 날이면 그 애는 오로지 날 위해 시간을 내고 내가 가고 싶은 곳에 가고 내가 먹고 싶은 걸 먹었어. 그러다 피곤해지면 그 애를 데려다주지도 않고 집에 가서 뻗어 자기 바빴지. 그러다 새벽이라도 만나고 싶으면 불러냈어. 그랬네. 나는 상상도 못 했어. 군에 있는 나보다 그 애가 더 힘들 거라는 것을. 어쩌다 힘없는 목소리로 전화를 받으면 도리어 난 짜증을 냈어. 자다 일어나서 그렇다고 음, 음 하고 목소리를 가다듬더니 밝은 목소리로 다시 전화를 받았지. 후회가 밀려왔다. 그 애를 알아가면서 나에 대해서도 제대로 볼 수 있게 되었다. 참별로다. 나라는 인간.

"그래도 걔는 네 전화를 받는 동안, 널 만나는 동안 행복했을 거란 생각이 들어. 주제넘지만. 왠지 그 애 곁에 있는 사람 중 네가 유일하다는 느낌을 받았거든. 그런데…."

거침없이 얘기하던 태경이 주저한다.

"너마저 그 애를 떠났니?"

"그래…."

그럴 줄 알았다는 끄덕거림. 나마저…. 떠났다.

아니야. 그 애가 먼저 나를 떠났어. 변명 같은 이 말이 나오지 않는다.

"죽을 때, 꼭 눈을 뜨고 죽고 싶단 말을 했었어."

"유진이가?"

심장이 요동친다.

"남들이 볼 때는 좀 무섭겠지만, 눈을 뜨고 죽으면 옆에 있는 사람들을 마음에 담고 갈 수 있을 것 같다면서…."

죽음을…. 죽음에 대해서 그런 생각을 했구나. 장례식 때 들었던 대화들을 생각한다. 그 애가 눈을 뜨고 죽었는지, 감았는지에 대해서. 가물가물하다. 그런 얘기를 듣기는 했던가.

"장례식 갔을 때 친구가 하는 말을 들었어. 노트북이 켜져 있었다고 하길래 물어봤었어. 스크린에 뭐가 띄워져 있었는지 말이야."

눈을 떴는지 감았는지 여전히 생각 중이다. 그런데 그게 의지처럼 되는 일일까? 공포 영화를 보면 한이 맺힌 사람들은 두 눈을 부릅뜨고 흰 자만 보이는 채로 죽었다. 그럼 유진이도 어쩌면.

"네 사진이었대."

순간 손으로 입을 틀어막았다. 요동치던 내 심장이 입 밖으로 튀어나올 것 같았다.

"그때 알았어. 아, 자살이다."

그 편지가 나에게 날아오지 않았더라면 난 유진이가 그런 식으로 죽었다는 것을 절대 알지 못했을 것이다. 참으로 어이없게 죽었다고 여겼을 것이다. 머리가 지끈지끈 아프기 시작하더니 식은땀이 난다. 오뉴월 감기는 개도 안 걸린다는 데 감기인가.

"무서워? 네 사진을 마지막에 담고 갔다는 사실이 무서워?"

정확하게 꿰뚫는다. 허를 찌르는 그의 말이 날 아프게 한다.

"넌 걔를 참 모르는 것 같다."

그래. 모르겠어. 내가 죽인 거야 결국? 그 많은 사람이 그 애를 힘들게 했는데 왜 나야? 나도 피해자야.

"왜 사고처럼 꾸몄을까? 자기가 떠난 후, 주위 사람들이 자책하지 않을까 하는 걱정에서였을 거야. 죽는 순간까지 그런 걸 걱정하고 간 애가 널 무섭게 하려고 네 사진을 보고 갔겠어? 아니야. 그 애는 널 그 순간까지 사랑한 거야. 그건 사랑이었어."

지긋지긋하다 그 말.

"네가 뭘 알아."

생각지도 못한 차가운 말이 튀어 나간다. 그래 맞는 말이다.

네가 뭘 알아. 온몸에 소름이 끼친다.

"난 그 애를 믿지 않았어. 그리고 그 애를 비난하는 그 사람들도 믿지 않았어. 난 적어도 공평했어. 그리고 나중에는 그 애를 믿었어. 너무 늦었지만, 그 애의 말과 그 눈빛을 생각해보니 믿어야 했어. 그걸 후회해. 그렇지만 너는?"

나? 나는….

"넌 그 애를 믿지 않았어. 그리고 그 애를 비난하는 사람들의 말을 믿었지. 그러니 이런 결과가 나온 거야. 안 그래? 그 애가 죽어서 슬프다거나 비통한 뭐 그런 건 없어. 솔직히 그 정도로 친하지 않았으니까. 그렇지만 그런 애가 세상에 없다는 게 조금은 아쉬워. 세상은 그런 사람으로 가득해야 할 텐데 말이야. 그 애는 자신을 변호하기 위해 다른 사람을 비난하지 않았어. 자기가 벗어나기 위해 남을 함정에 빠뜨리지 않았어."

속이 뒤틀린다. 황태경 말이 너무나 정확하기에 속이 뒤틀린다. 그리고 알 수 없는 묘한 질투심이 고개를 쳐든다.

"나도 유진이를 믿어. 네가 뭘 안다고 이렇게 떠들어 대? 고작 그 날 밤 얘기 한 번 한 거 가지고? 웃기지 마. 알지도 못하면서…."

황태경이 웃는다. 기분 나쁜 웃음이다.

"그리고 난 걔 비난한 적 없다. 간다."

일어서려는데 황태경이 붙잡는다.

"잠깐. 이거."

8

진실에 가까워질수록

편지다. 편지를 건네주는 황태경의 손가락은 까만 매니큐어가 칠해져 있다. 유진이의 깨진 손톱. 까맣게 멍이 든 손톱이 떠오른다.

"네가 왜 이걸…."

"화장한 다음 날 내 앞으로 왔어. 자살이란 거 몰랐으면 받고서 기절했을지도 몰라. 이런 장난치는 놈 찾아서 몇 대 패줬을지도 모르고."

황태경에게도 몇 통의 편지들을 남겼던 것일까? 나처럼 그 애 집 우편함을 서성이고, 술집의 액자를 뚫어져라 쳐다보며 소주를 마셨을까? 미칠 듯한 답답함을 겪으며 잠도 제대로 못 자는 날들이 계속되었을까?

"뜯어보니 너한테 전해주라고 쓰여 있더라. 그럴 걸 왜 나한테 보낸 건지."

"이게 다야?"

"응?"

"편지… 이게 다야?"

"어."

그냥 나한테 주면 될 것을, 왜 굳이 이놈한테 와서 받으라고 했을까? 아니면 편지를 전해 줄 다른 사람도 있었을 텐데. 황태경을 선택했다?

"넌 왜 나라고 생각하냐?"

"글쎄. 네가 맘에 들었나 보지."

왜 하필 자기를 선택했냐는 그 말에 약간의 자신감이 느껴져서 난 심드렁하게 대답했다. 그리고 슬쩍 황태경을 보니 손으로 턱을 쓰다듬으며 심각한 표정을 짓고 있다. 그의 수염 없이 매끈한 턱을 보니 오늘 면도를 안 했다는 사실이 떠올랐다. 하긴. 오늘뿐인가. 까슬까슬한 수염을 만지는 느낌이 좋다.

"나도 그 애가 그렇게 되는 데 뭔가 역할을 했나 봐."

"네가?"

"그래. 나약해질 대로 나약해진 그 애한테 난 사람을 믿지 말라고, 세상은 아주 무서운 곳이라는 걸 다시 한 번 느끼게 해 줬으니까…."

난 고개를 젓는다.

"틀렸어. 그동안 몇 통의 편지를 받았어, 아니 찾아냈어. 그 애가 나한테 남긴… 어쨌든 너는 아니야. 그 애를 힘들게 하고 마음 아프게 한 사람들이 있었어. 그 사람들이 그 애를 궁지로 몰아넣은 거지. 너는 아니야."

"몇 통의 편지라… 그래서 이 편지는 나한테 보냈구나. 순서대로 너에게 무언가를 전달하기 위해서…."

순서대로? 내가 제대로 가고 있는 것일까? 혹시나 빼먹은 이야기와 사람들은 없는지 다시 되짚어 본다.

"그런데 왜 나일까? 정말 나는 아닐까?"

왜 널 만나게 했을까. 너무 어렵다. 그래도 이거 하나는 분명하다.

"네가 그 애를 아프게 한 건 아닐 거야. 그래서 널 만나게 했고…. 너에게 편지를 보냈다면 넌 그 죄책감을 안고 살아야 할 테니까. 걘 다른 사람을 그런 감정에 빠뜨리지 않아. 그러니 그건 아닐 거야."

유진이는 다른 사람을 곤란하게 하지 않아. 아프게 하지도 않고. 그 애는 천성이 그래. 그런데 왜 나는 자꾸만 심장이 콕콕 쑤시는지 모르겠다.

"이 편지가 마지막인가?"

황태경이 묻는다.

"모르지. 갈게. 오늘 고마웠어."

"그래. 근데 너, 걔를 그렇게 잘 알면서 왜 너를 아프게 했다고 믿는 거냐?"

황태경이 어깨를 툭 치더니 어둠 속으로 사라진다. 언제나 너는 예외야, 그래. 나는 그 애에게 예외니까. 그래서 나는 아프게 했나 보다. 다른 사람을 절대 아프게 하지 않는 애가 나는 왜 그렇게 지독히도 아프게 했을까.

태경의 편지를, 아니 태경이 전해준 유진의 편지를 보았다.

이 편지가 네 손에 있다면 태경이를 만났겠구나. 혹시라도 그 애가 오해하고 있다면 꼭 말해줘. 너는 아니라고. 태경이는 날 믿어주지 않았지만 비난하지도 않았어. 적어도 그 애는 공평했어. 그러니 그 애는 아니야. 그렇지만, 아무도 믿지 말라니…. 그 말은 좀 심하지 않아? 그래서 좀 놀라게 해 주려는 마음에 그 애에게 편지를 보낸 거야. 생각해 봐. 얼마나 무섭겠니? 죽은 사람한테 편지가 날아오면. 그런데 황태경이라는 인간은 무서워하지 않을 것도 같다. 그리고 나에 대한 황태경의 태도는 정말 태경스럽다, 라고 말할 수 있을 것 같다.

태경스럽다…. 그래, 만나보니 그놈은 아주 조금은 알 것 같다. 그런 녀석과 한 번이라도 내가 이야기를 해봤다면, 달라졌을까?

사실 나는 태경이와 친구가 되고 싶었어. 물론, 남자로 매력이 있거나 하는 건 아니었어. 그저 그 애는 인간적이었어. 우습지 않니? 그렇게 차갑고 싸늘한 사람에게 따뜻함을 느꼈다니. 마음이 하는 말을, 겉으로 보이는 것들이 아닌 진심을 안다고 생각했어. 아무도 믿지 말라고, 아무려면 어때 하고 비웃지만, 사실은 사람을 믿음으로써 상처받은 마음들이 고스란히 보였거든. 그리고 다른 사람을 비난하지 않는(물론 믿지도 않지만!) 그 애를 보면 마음이 편했어. 몇 번 만난 적도 없지만, 학교에서 스쳐 지나가거나 멀리서 그 애를 보기만 해도 말이야. 드럼을 치는 모습을 직접 한번 보고 싶었는데. 분명, 행복으로 빛나는 얼굴일 거야.

그래, 네 말대로 행복으로 빛나더라. 태경이는 내가 질투가 날 만큼 너를 정확히 알고 있더라. 나보다 더.

어쨌든, 지금부터가 아주 중요해. 지금 우리는 클라이맥스를 향해 가고 있어. 너에게 단 한 번도 하지 않았던 이야기. 그러나 누구나 알고 있는 그 애와 나의 관계 그 진실에 대해 말이야.

침이 꼴깍 넘어가는 소리가 들렸다.

윤아. 네가 아는 진실은 뭐야? 네가 군대에 가 있는 동안 그토록 믿고 사랑했던 여자 친구가, 남들과 달랐다고 자부심을 느꼈던 그 여자가, 너를 두고 섹스 파트너로서 네 순진한 친구를 유혹했다는. 그거니?

그래. 몇 마디 말로 정리가 되는 일이구나. 참 쉽게 정리될 수 있는 일이네. 이렇게 쉽게 정리되는 걸 보니 참 별것 없구나 싶기도 하다.

아무것도 모르고, 여자 한 번 제대로 사귀어 본 적 없는 너의 그 친구는 그 사실이 너무 괴로워 다른 친구들에게 그 심정을 토로했지. 그리고 너는 몇 달이 지난 후, 휴가를 나왔다가 그 이야기를 듣게 되고.
엄청난 충격이었겠지? 믿고 싶지 않았지만, 믿으려 하지 않았지만 너는 믿을 수밖에 없었어.
왜냐하면, 모두 떠들어 대니까. 네 여자 친구의 부정한 행위에 대해 자신들이 알고 있는 이야기들을, 조심스럽게 망설이는 척, 진심으로 널 걱정하는 눈빛으로 풀어놓았겠지. 안 그러니?

맞아. 내 친구들이니까.

그때가 떠오른다. 술을 사주겠다고 불러놓고 잔뜩 분위기를 잡고, 다들 긴장한 표정이 역력했던. 그 뒤로는 생각하고 싶지도 않아. 손가락 하나 움직일 수 없이 멍하니 듣고만 있었어. 이게 내 이야기인가 하면서 말이야.

저마다 들은 이야기를 앞에서 했겠지. 마치 누가 더 많은 것을 알고 있는지 경쟁하는 것처럼. 남의 이야기를 하는 것처럼 공부했으면 다들 장학금을 탔을 텐데 말이야. 때로는 남의 이야기를 정정하며 더 정확한 정보를 내놓기도 했겠지. 그러면서 너를 위로했을 거야. 나에게 넘어간 너를 불쌍히 여기며 술 한 잔 받으라고 어깨를 두드려 주었겠지. 역겨워.

내 친구들이야. 넌 욕할 자격 없어. 정말로 역겨운 건 너였으니.

그리고 이 말을 했을 거야. '그럴 줄 알았다'고. 세상에 발에 차이는 게 여자니 너무 상심하지 말라며 너의 베스트 프렌드들이 되어 주었을 거야. 그럼 너는 그 순간 세상에서 가장 불쌍한 남자가 되어버린 거지.

몇 년 동안 사랑했던 여자, 80년대 소설에서나 나오는 말 같지만, 순정을 다 바쳐 위했던 여자의 실체를 알아버려 괴롭고, 비극의 드라마 주인공이 되어 그들이 하는 말에 힘없이 고개를 끄덕이고, 혼자 술잔을 기울이며 들었겠지. 그토록 괴로워하는 널 보며 또 한 번 나를 못된 여자라 욕하고, 결국 걔도 별반 다를 것 없었던, 그보다도 못한 여자라 비난한 뒤, 자기 여자 친구들 얘기로 슬쩍 넘겼을 거야. 그러면서 자기 여자 친구는 다르다고 생각하면서 안심했겠지. 내 말이 틀렸니?

구토가 치밀었다. 누구나 가장 기억하고 싶지 않은 일이 있을 것이다. 한마디 말을 꺼내기조차도 어렵고 끔찍할 정도로 싫은 기억을 이토록 자세하게 듣고 있다니. 게다가 너한테 말이야. 너무 다 맞는 얘기라, 난 할 말이 없어. 세상에 하나밖에 없는 내 특별한 여자 친구가, 인터넷 게시판에 흔하디흔한 그런 여자들, 그것도 사람들의 입에 오르내릴 만한 가십을 제공하는 그런 여자라니. 믿고 싶지 않았지만, 너무나 들어맞는 상황들이 많아서 난 널 비난하는 내 친구들에게 한마디 변명도 할 수 없었어. 조금만 생각해보면 알 수 있는데 너무 둔했어. 아니, 그럴 수밖에 없었어. 난 너만 보았으니까. 내 눈앞에 보이는 너를 믿었지, 내가 보이지 않는 동안 네가 무슨 짓을 할지 생각조차도 해 본 적 없었어. 상상이 안 됐으니까. 너만 봤어. 그 오랜 시간 동안 말이야. 한 발자국만 떨어져서 너란 애를 본다면 누구나 알 수 있었던 것들은 난 보지 못한 거야. 어리석었어.

그러니 나를 속이는 게 쉬웠을 거야. 다른 사람보다, 날 속이는 게 말이야.

그런데 있잖아. 그들이 한 이야기들이 전부 자기가 본 것이라 얘기했니? 아니면 들은 것이나 얘기했니? 진실은 저 너머에 있었어. 모두 눈은 가린 채 자신의 입과 귀만 열어 두었어. 처음부터 제대로 보지도 않은 사람들. 제대로 볼 의지와 생각조차 없었던 사람들. 아니 그럴 거면 철저하게 무관심하든가. 고양이가 내 눈에 보인다는 이유로 고양이를 괴롭히는 건 나쁜 거잖아. 그 고양이를 장난삼아 다치게 하고 놀이 삼아 죽이면 안 되는 거잖아… 더 이상 화가 나지 않을 거라 생각했는데 또 화가 나. 아직도 화가 나.

무슨 말이야?

네가 믿었던 그 진실. 그건 진실이 아니었어. 이제 이야기할게. 단 한 번도 이야기할 수 없었던 진짜 진실 말이야.

유진이의 말대로라면 지금까지 내가 알고 있었던 사실이, 사실이 아니라는 이야기였다. 그럴 수는 없어. 또 다른 진실이 존재할 리 없었다. 그렇다면 왜 이제 와서.

내 편지들 다 읽었지? 그래, 학교에 다니면서 많은 일이 있었지만 그래도 난 괜찮았어. 왜냐하면, 너, 정윤이 있었으니까. 비록 군대에 있어 많은 시간을 함께 보내지 못했지만 그래도 상관없었어. 마음속에 너 하나를 품으니 그 후로는 행복이 스며들었으니까. 내 삶에, 혼자 점심을 먹어도 남의 학교인 양 캠퍼스를 서성거려도, 시험 기간에 새벽까지 도서관에 혼자 남아도 난 외롭지 않았어. 네가 있으므로 난 더 당당한 사람이 되었고 자신감도 생겼어. 너는 날 가치 있는 존재로 여겨주었으니까. 너란 사람이 나를 좋아하는 게 나에게는 행운이었어. 아마, 앞으로 네가 누굴 만나든 그 여자는 자기가 행운이라고 생각할 거야.

너는 나를 몰라.

네가 다른 여자를 만날 생각을 하니 속이 좀 뒤틀린다. 어쨌든 너 한 사람만 나를 가치 있는 사람으로 생각해준다면, 날 제대로 알고 있다면 난 더 이상 바랄 게 없었어. 우리 사이의 믿음은 다른 사람은 감히 상상도 못 할 정도로 견고하다고 믿었기에, 자주 보지 못했지만, 남들 하는 것처럼 데이트는 생각도 못 했지만 괜찮았어. 그 정도는 아무것도 아니라고 생각하게 해주었어 네가.

그래, 그랬지. 떨어져 있는 것쯤은 아무것도 아니라고, 그저 둘이 서로를 좋아하는 마음만 있으면 된다고 생각했었어. 그런데 지금 돌아보니, 만약 우리가 늘 함께 있었다면 그런 일은 생기지 않았을 것 같단 생각을 해. '어쩌면 지금까지도, 먼 미래까지도 함께할 수 있었을 텐데.'란 생각이 들어.

그리고 그가 돌아왔어. 한국 생활이 너무 힘들어 외국으로 다시 돌아갔던 그는 다시 학교로 돌아왔어. 이름조차 말하고 싶지 않아. 치가 떨려.

김상원. 심장 박동수가 빨라진다. 드디어 그의 이야기가 시작되었다.

난 반가웠어. 잠깐이었지만 한 학기 동안 그 애와, 그와, 아니 그 사람과. 뭐라고 부를까?

이걸 계속 읽어야 하나. 그? 그 사람?

어쨌든, 친하게 지냈었거든. 다른 남자애들과는 다르게 섬세하고 다정한 면이 있어 여자애들과 잘 어울렸어. 감수성이 풍부해서 그런 지 순정만화도 좋아하고 멜로드라마에 열광했어. 얘기하다 보면 고등학교 때 쉬는 시간마다 수다를 떨던 내 친구들이 생각났고, 그런 느낌이었었거든. 이건 그 애가 외국으로 돌아가기 전이었고, 다시 돌아왔을 때는 예전만큼 친해지지 못했어. 난 어울릴 틈이 없었으니까. 시간적 틈이 아닌 마음의 틈이었어. 관계. 그때 나는 이미 사람들과 멀어진 상태였고, 단둘이 그 애와 만나는 것도 그리 내키지 않았어. 둘이 만나 이야기를 나눌 만큼 깊은 친구는 아니었으니까. 남들 어울릴 때 어울릴 수 있는 그 정도의 친한 관계였어 지금 생각해보니.

나보다 더 상원이를 잘 아는구나. 난 걔가 순정만화를 좋아하는지, 멜로드라마를 보며 열광하는지도 몰랐는데.

때아닌 질투가 마음에서 일어난다.

너는 지금 무슨 생각을 하고 있을까? 내가 상원이 이야기를 하는 게 싫겠지?

그걸 말이라고 해.

내가 그 애를 잘 안다고 생각하겠지? 단지 그 애의 성격을 알고, 보통 남자애들과는 기호가 다르다는 것을 알고 있다고 너는 나를 또 의심하고 있겠지.. 그런데 있지, 그 정도는 우리 과 여자애들이라면 다 알 거야. 그리고 누구나 그 애가 다정하다는 걸 느꼈을 거야. 나만 알고 있을 거라 생각하지 마.

상상이 된다. 그놈과 유진이 그 전날 보았던 드라마에 대해 수다를 떨면서 웃었을 생각을 하니 목이 뻐근하다. 그런 상상들이 싸늘하게 내 마음속에 내려앉아 심장을 콕콕 찌르며 파고 들고 있다. 둘이 나란히 앉아 이야기했을까 아니면 마주 보고 이야기를 했을까. 유진이가 웃었을까? 그놈은 유진이의 웃는 얼굴을 보며 머리카락을 넘겨줬을까? 미친놈 같은 생각을 한다. 아직도 나는.

어느 날, 수업이 끝나고 여느 날과 마찬가지로 재빨리 내 책을 챙기고 누구와도 눈을 마주치지 않게 조심하며 강의실을 나가는데 내게 말을 걸었어. 그때 나에게 말을 걸지 않았다면. 그냥 나를 지나쳐 가게 내버려 두었다면 이렇게 되지 않았을까?

악몽의 시작이었어. 그때는 전혀 알아채지 못했지만, 나중에 수백 번, 수천 번을 생각했을 때 그때부터인 것 같았어. 같이 점심을 먹자고 했어. 왜 자꾸 모른 척하느냐고 쾌활하게, 조금은 섭섭함이 섞여 있는 말투로 말이야. 학교 식당에서 밥을 먹고 커피를 마셨어. 나는 또, 그 애도 나에게 먼저 등을 돌릴지 모르겠지만, 그 순간을 즐겼어. 오랜만에 가본 학식에서 급식판을 들고 줄을 서서 밥을 먹는 게 나쁘지 않았어. 여전히 맛이 없다고 사이좋게 욕을 하는 게 즐거웠어. 늘 테이크아웃해서 마시던 커피도, 오랜만에 느긋하게 앉아 수다를 떨며 마시니 더 맛있었어. 다음 수업시간이 다 되어가자 난 그 시간이 아쉽기까지 했어. 나는 참 한심한 인간이다. 그치? 사람과 마주할 기회만 생기면 내가 상처받았던 것들은 다 잊어버리고 또 생글거리며 웃고 있으니….

그런데 그러면 안 됐어. 적어도 학교 안에서는 말이야. 그 애와 단둘이 밥을 먹고 커피를 마신다는 게 얼마나 무모한 행동이었는지를, 이미 그 한 번을 가지고도 그때부터 우리 둘 사이를 의심하는 사람이 생겼으니까. 혹시 네가 들은 이야기 중 둘이 학교 안에서 버젓이 데이트하고 다닌다는 이야기는 없었니?

들은 적 있어. 그렇지만, 별 의심 없었어. 네가 내 여자 친구라는 사실을 모르는 사람이 없었으니까. 게다가 그놈은 내 친구였으니 더더욱 마음이 놓였지. 그래 이 말이 맞아. 마음을 놓고 있었어. 우리들 사이에서는 샌님 같은 놈으로 통했으니까-여자애들은 가끔 그런 걸 다정하다고 표현을 하긴 하더라-그런 간도 콩알만 한 놈이 남의 여자를 건드릴 거라곤 생각도 못 했지. 오히려 상원이라 안심이었어. 너의 친한 남자친구가.

어쨌든 그 애는 여전히 따뜻했어. 전화 통화를 한 적도 있어. 새로 나온 드라마 이야기, 예전에 읽었던 만화책과 언제 처음 야한 영화를 보았는지 같은 이야기를 했어. 슬램덩크의 컬러판을 가지고 있다는 말에 난 부럽다고도 했었어. 그러다 너에게 전화가 오면 난 너랑 통화했어. 네가 누구랑 이렇게 통화를 했냐고 물어보면 난 솔직하게 말했어. 전혀 이상할 게 없었으니까. 오히려 그걸 의식하고 너에게 미안한 감정을 조금이라도 느낀다면 그게 이상한 거 아니니? 걔를 의식하는 게 이상한 거잖아.

만나는 건 알고 있었지만, 집에서도 통화한다는 사실은 조금 놀랐었어. 넌 전혀 이상할 게 없다고 여겼지만 난 그렇지 않았어.

이렇게 말하면 내가 그 애와 꽤 많은 전화를 한 것 같지만 실은 몇 번 되지 않아. 그렇지만 너에게는 내가 늘 그 애와 전화를 했다고 기억되고 있을 거야.

어쨌든 난 내 함정을 파고 있었어. 언젠가 걸려들. 앞으로 무슨 일이 벌어질지도 모른 채 남들이 이야기하기 좋은 함정을, 나에 관한 이야기를 떠들어 댈 때 단서가 될 수 있는 결정적 증거들을 뿌리고 다닌 셈이지.

사는 게 이래서 어렵다고들 하나 봐. 앞으로 벌어질 일까지 생각해서, 모든 경우의 수를 다 따져가며 지금 내가 해야 할 행동과 말을 계산해야 하니까.

내가 그때 상원이와 밥을 먹거나, 커피를 마시지 않았더라면, 어쨌든 한 가지 단서는 제공하지 못했을 텐데. 우습기도 하고 기가 막히기도 해. 사람들은 그때부터가 시작이라고 말들 했겠지? 어쩐지, 그럴 줄 알았다 하면서. 내가 그 애와 밥을 먹고 커피를 마신 적은 그때 한 번이었어. 그리고 여러 사람이 보았지. 그러면, 여러 번이 되는 거야. 나도 봤는데, 그래? 너도 봤어? 나도 봤는데… 이러면서….

머리가 아파지기 시작한다. 유진의 편지가 오고부터 하루라도 머리가 아프지 않은 날이 없다. 이 편지는 읽고 싶지 않다. 내 인생의 가장 아팠던 이야기를 왜 또, 이렇게 자세하게 한 번 더 들어야 하는지 모르겠다. 두렵기도 하다.

이 편지가, 사실은 내가 그 애를 유혹해서 잠자리를 가진 게 아니라 우리는 서로 사랑해서 그랬단다, 그런데 상원이가 거짓말을 한 거야. 그 애는 사람들의 비난이 두려웠으니까, 라고 끝이 날까 봐. 마음을 나 아닌 다른 남자에게 주었다면 더 받아들이기 힘들 것이다.

사람이 참 우습다. 내 여자가, 내가 늘 만지던 몸을 다른 남자도 만지게 허락하고, 나를 만졌던 그 손으로 다른 남자를 만

졌다는 생각을 하니 온몸에 소름이 돋았는데,

막상 그걸 인정하고 나니까 마음만은 주지 않았으면, 하는 생각이 드는 것이다. 그래도 마음만은. 마지막 자존심이다. 이 편지의 끝이, 사실은 상원이를 사랑했었다고 끝맺게 될까 봐, 두려워서 읽지 못한다.

내 꼴이 우습다. 지금 와서 그게 무슨 소용인데. 한 사람이 죽었는데, 난 사랑 타령이나 하고 있다. 죽음 앞에서 난 그깟 사랑이니 마음이니 하는 얘기나 하고 앉아 있다.

"아직 안 갔어?"

고개를 들어보니 태경이 서 있다.

"이제 가려고."

읽던 것을 봉투에 다시 넣으려고 하는데 뭔가 떨어진다. 내 손바닥에 떨어진 그 알 수 없는 작은 것을 가만히 보는데.

"손톱이네."

태경이 무심히 말한다.

"손톱?"

난 다시 들여다본다.

"이게 손톱이라고?"

"그래."

그것도 모르냐는 말투다.

"뽑혔네. 보통은 윗부분만 깨지기 쉬운데 밑동까지 들려서 뽑힌 거 보니 뭔가 무척이나 필사적이었나 본데?"

이게 왜 여기 들어있을까? 가로등 불빛에 대고 한참을 보았지만 역시 모르겠다.

"피가 그대로 맺혀 있네. 이것 봐. 굳었잖아."

검붉은 색. 손톱으로 긁어보니 바싹 마른 나뭇잎을 쥐면 바스러져 가루가 되듯 알갱이가 되어 떨어진다.

"꽤 아팠겠는데?"

"왜 들어있지?"

태경이 손톱을 뚫어져라 쳐다본다.

"여자애들 보통 손톱 부러지는 것도 속상해하는데 이 정도로 망가졌으면…."

손톱. 마지막으로 유진이를 만나던 날, 커피잔을 잡고 있던 그 애의 손이 머릿속을 스쳐 지나간다. 네 번째 손가락의 부러진, 그래서 까맣게 멍이 든 손톱이 몸서리치게 싫었는데. 이건가? 왜?

"왜 손톱을 넣었을까?"

태경의 표정이 처음으로 달라진다.

"모르겠어…. 이 정도로 망가진 손톱이라니."

부러졌다고 생각했는데 완전히 뽑힌 손톱이었다. 내 손톱이

뽑혀 나가듯 아픈 통증을 느낀다. 이걸 왜…. 도대체 무슨 일이 있었을까?

이번 편지는 상당히 쓰기 힘들어. 생각하고 싶지 않은 기억을, 꿈이라면 다행이라고 생각할 만큼의 악몽 같은 일을 또다시 끄집어내야 한다니 말이야. 그렇지만 해야 해. 이게 마지막이니까. 단 한 번이자 마지막으로 하는 이야기야 기회이고. 두 번 다시 할 수 없고, 하지 않을 거야.

너에게만 하는 이야기. 너만 알아줬으면 하는 이야기. 시작할게.

그래, 듣고 있어.

긴장하고 있다.

잘 지냈어 그 애랑은. 다른 사람들이 우리 사이를 이상하게 여기고 의심하는 눈초리로 바라봤지만 상관없었어. 나만 떳떳하면 넘길 수 있었어. 그런 눈으로 바라보는 이들이 유치하다고 생각했었지. 그런 눈을 신경 쓰다가 좋은 친구를 잃고 싶지 않았어.

그래, 넌 그랬지. 남들은 신경 쓰지 않았어. 다른 사람을 의식하느라 내가 하지 못했던 것들을, 감히 할 수조차 없던 생각을 너는 했어. 아무렇지 않게 말이야.

> 그런데 참 웃기게도 모두가 그렇게 나를 바라볼 때는 그들이 옳다는 거야. 나는 그렇지 않아도, 언젠가 관계의 방향은 모두가 그렇게 생각하는 쪽으로 흘러가기 마련이더라고. 그래 생각하는 쪽으로…. 나는 그렇게 하지 않았는데, 그럴 의도조차 하지 않았는데 결과는 늘 그들이 생각하는 데로 나와 버리더라. 왜 그럴까?

남들은 저 말이 이해하지 못할 테지만 나는 이해가 된다. 말이란 그렇다.

정작 본인은 그럴 의도가 전혀 없었는데, 주위에서 '어떤 의도'라고 떠들어대면 결국 그런 식으로 결론이 나는 것이다. 그렇게 날 수밖에 없는 결론이다. 왜냐하면, 주위의 인간들이 그렇게 이야기하고 결론지어서 또 다른 인간들에게 통보해 버리니 말이다.

그러니, 본인의 의도와는 전혀 다른, 가고자 하는 방향과는 전혀 다른 결과가 나온다.

그래서 한 사람 바보 만들기 쉽다는 것이다.

그렇지만. 세상은 오래전부터 이렇게 돌아가고 있고, 모두 암묵적으로 동의하며 살고 있다. 그래서 다들 조심조심 살아간다.

그리고 남들이 생각하는 바를 미리 파악하고, 즉 경우의 수를 모두 생각해서 최대한 그 지뢰를 밟지 않도록 해야 한다.

혹여 내가 이런 행동을 했을 때, 내 의도는 아니지만, 남들은 이렇게 생각할 수도 있지 않을까? 라는 계산이 필요하다. 이런 계산을 하면서 살아가면 적어도 남들 입에 오르내리는 일은 적어질 수 있다. 사람들은 그저 남 일이라면 떠들어대기 좋아하니까 입에 오르내리는 일을 완전히 막을 수는 없어도 최대한 줄일 수는 있다.

또 하나, 나도 그 일에 동참하는 방법도 있다. 나를 도마 위에 올리지 않기 위해서 자꾸 다른 누군가를 그 도마에 올리는 것이다. 사람들의 관심을, 그 근질거리는 입의 화살을 내 쪽으로 오지 않기 위해.

유진은 두 가지 다 익숙하지 못한 사람이다. 남들이 자기를 어떻게 볼까를 의식하는 일도, 또 다른 이를 욕하는 것도. 특히, 누군가를 험담하는 일에 재주가 없었던 것 같다.

한 번은, 어떤 놈이 침 튀기며 이야기한 적 있다. 우리 과 후배 여자애가 술 마시면서 다리를 꼬고 앉아 담배를 뻑뻑 피워대더라고 나에게 말한 적 있다. 그 얘기를 유진이에게 해줬더니 그 애가 까르르 웃었다. 짧은 치마 입었으니 다리 꼬고 앉는 게 편했을 텐데 라고. 그리고 담배를 피우면 그냥 피는 거지 뻑뻑은 또 뭐냐고…. 그런 표현들이 그 여자애를 좀 더 천박하게 포장한다는 걸 알았던 것이다.

그런데, 이런 꾸밈들이 이야기를 더 재미있게 한다는 사실은 몰랐나 보다.

모든 사실을 담백하게 받아들였다 그 애는.

그리고 사람들이 모두 자기 같다고 생각했다. 그게 언제까지였을까?

그 애가 어떤 아이였는지를 생각하게 된다.

그리고 나에게 어떤 사람이었는지도….

> 정답은 아주 간단해. 한 번 생각의 방향을 정해버리면 절대 다른 쪽을 보지 않으니까. 생각한 방향으로 무작정 달리는 거야. 나는 거기 뒤에 매달려서 질질 끌려가는 거지 뭐. 사람들이 내가 상원이와 커피 마시는 걸 봤다면 그들은 분명 우리 관계가 부적절하다고 생각했을 거야. 그렇게 한 번 생각해버리면 거기서 끝이야.
>
> 우리는 이제 무얼 하든 부적절한 관계가 되어버리는 거지. 꼭 부적절한 짓을 하지 않아도 말이지… 참 무서워.

그렇지만 원인을 만들지 않으면 되잖아? 그렇게 떠들어 댈

거리를 제공하지 않으면 되는 거잖아! 나는 또 화가 난다. 화가 치민다. 이런 상황에서, 이런 일에 화가 치밀어 오른다.

그래, 나는 겨우 이 정도다.

> 김상원. 그 애는 따뜻했어. 내 말에 귀 기울여 들어주고 진지하게 대했어.

속이 뒤틀리기 시작한다. 왜 내가 이런 얘기를 이렇게 눈이 빠져라 읽어야 하는 거지?

> 그런데 어느 날부터인가 내 주위를 맴돌았어. 무슨 말인지 알아? 맴돌았다는 건, 일방적인 거야. 일방적이 되어 버렸어. 시도 때도 없는 연락부터 시작해서 강의실, 내가 자주 가는 카페, 서점, 너한테 편지를 부치기 위해 가는 우체국, 급기야는 내 집 앞을 서성였어. 서서히 내 숨통을 죄었어. 그리고 어느 날은, 고등학교 친구를 만나러 간 그곳에 그 애가 있었어. 내가 집을 나오는 그 순간부터 따라왔던 거야. 그 애를 피하게 되었어. 그럴 수밖에 없잖아?

무슨 소리를 하는 건지…. 어쨌든 넌 그놈이 그렇게 되도록 내버려 두었어. 네가 그렇게 될 수밖에 없었던 빌미를 제공한 거야. 여자들은 그렇게 말하더라. 어쩔 수 없이 그렇게 되었다고들…. 그런데 그건 말이 안 돼.

넌 모를 거야. 누군가 널 집요하게 따라다닌 적 있니? '집요하다.'라는 말의 참뜻을 알아? 사람들은 몰라. 늘 뒤를 돌아보며 길을 걸어야 하는 심정을 말이야… 그리고… 너에게 말할 수 없었어. 어쨌든 그 애와 넌 친구니까 내가 그 관계를 망쳐버릴 수는 없었어.

친구라고 생각한 적 없어.

몇 번이고 부탁했어. 제발 그만하라고. 그리고 나를 좋아하지 말라고 말이야. 그 애가 일방적으로 마음을 내비쳤을 때, 친구 사이에 올 수 있는 짧은 갈등이라 여겼어. 왜 그런 거 있잖아. 어느 날 갑자기 친구가 여자로 보이고, 그래서 혼란이 오는 그런 시기. 그런 시기를 거치면 남녀 사이가 진정한 친구가 될 수 있다고들 말하잖아. 그런 것인 줄 알았어.
그런데 아니었어. 시간이 흐를수록 그 애의 집착은 점점 더 심해지고 급기야는 자기 상상 속에서 허우적대기 시작했어. 나 역시 자기를 좋아하고 있다는 착각, 우리가 무슨 관계라도 되는 듯 알고 있었어. 싫었어… 벗어나고 싶었어.

넌 벗어날 수 없었을 거야. 그래서 결국, 좋아진 거야? 따뜻하고 다정한 그놈이 좋아졌어? 유치한 말이 나오기 시작한다. 왜 화가 나면 감정을 주체하지 못하는 걸까? 말 한마디를 골라도 좀 더 우아하고 고상하게 상대를 아프게 하지 못하는 걸까?

'그놈이 좋아졌어'라니

> 벗어날 수 없었어. 집에 들어갈 때면 그 애가 있는지 없는지를 확인해야 했고, 잠을 푹 잘 수 없었어. 집 밖을 벗어날 때도 누구를 만나고 있을 때도 불안했어. 언제 그 애가 나타날지 몰랐으니까.. 새벽에 그 애의 전화가 올까 봐, 문자가 올까 봐 신경 쓰였어. 너한테 전화가 오니까 휴대폰을 꺼놓을 수도 없었어… 내가 연락을 받지 않으면, 혹은 다음 날 그 애와 부딪치는 게 두려워 수업에 가지 않으면 누군가 우리 집 문을 두드렸어. 그래, 그 애였어.
>
> 미친 듯이 두드리며 내 이름을 불렀고, 난 집 안의 모든 불을 끈 채 이불을 뒤집어쓰고, 그 소리가 그칠 때까지 눈을 꼭 감고 있었어.

눈을 감았다. 이건 내가 상상도 하지 못한 이야기다. 어두운 집에서 이불을 뒤집어쓴 채 떨고 있을 유진이 떠올랐다.

그러면서 한편으로는 이 이야기가 진실인지를 판단하기 위해 내 머리는 팽팽 돌아가고 있었다.

만약 거짓이라면? 왜 진작 이야기하지 않았을까? 내가 아니라면 다른 사람에게라도 말이다. 보호받기 위해서라도 해야 했다. 그런데 그러지 않았다.

그래서 나는 알 수 없다. 이것이 진실인지. 그 순하디순한 상원이 이토록 사람을 괴롭혔는지 말이다. 좋아하는 여자가 앞에 있으면 얼굴부터 벌게지던 놈이 이런 짓을 했다고?

태경이 아직도 내 옆에 있다. 무슨 생각을 하는지 모르겠지만, 그보다 왜 내 옆에 있는지 모르겠지만, 이어폰을 꽂은 채 앉아 있다.

"상원이 어때?"

"별로."

나직이 말했는데 대답이 나온다. 상원이를 알고나 대답하는 건가.

"내 말 들렸어?"

"아무것도 안 듣고 있어. 습관이야"

태경이 이어폰을 뺀다. 그럴 거면 끝까지 못 듣는 척, 신경 안 쓰는 척을 하든가.

"유진이 편지에 상원이가 나와. 너도 들은 적 있지?"

왠지 모르겠지만, 태경에게는 숨길 수 없을 것 같다는 생각이 든다. 사실 나는 확인하고 싶다. 갈림길에 서 있다. 한 사람은 죽어서도 이런 편지를 남겨 자신의 이야기를 들어주길 바라는데 나는 그런데도 그 이야기가 진실인지를 판단하기 위해 애쓰고 있다. 제길. 내가 이토록 나약하고 비겁한 놈인지를 알아가는 것이 그리 달갑지 않다.

"들었어. 왜?"

"아니 그냥…."

아무렇지 않게 내뱉는 놈을 보니 또다시 바보가 된 기분이다.

"우습지 않아? 난 그렇던데."

태경이 웃으며 담배를 입에 문다. 비웃고 있다.

"헤어진 이유가 그거라면 우습지. 그걸 가지고 왈가왈부하는 것도 우습고."

뭐가 그리 우스운지 모르겠다. 내 여자 친구가 다른 남자, 그것도 내 친구와 그렇고 그랬다는데 그게 우스운 건가?

"내가 만약 그 애라면 슬플 것 같다. 그런 행동을 했든 안 했든, 남의 말만 믿고 떠나버린 너에게, 그리고 만약 사람들 말대로 그런 일이 있었다 한들 감싸주지 못한 너에게, 슬플 것 같아. 그 애가 슬프다면 무조건 너 때문일 거야. 다른 사람들? 그리고 또 만약 그 모든 게 사실이래도 그게 욕먹을 짓이냐, 사생활인데…. 아무려면 어때. 우스워. 남의 사생활에 불을 켜고 덤벼드는 게 부끄러운 줄을 모르고.”

그의 말에, 허탈함이 밀려와 웃음이 터져 나온다.

아무려면 어때. 그래. 그 말도 맞네. 내 여자 친구인데, 그토록 사랑했는데 아무려면 어때. 사랑이란 말을 내가 해도 되는 걸까? 나에게 그런 자격이 있나 싶다.

그 애가 세상에 없으니 쉽게 용서가 된다. 믿어주지 못한 것을, 그 애를 너무 쉽게 떠난 것이 후회된다. 세상에 없으니까 말이다. 사람 마음이란 게 참 이상하다. 어디로 움직일지 모르게 기묘하다. 세상에 없으니 용서된다니. 다시는 볼 수 없으니 후회된다니.

지금 와서는 용서도, 후회도 할 수 없는데 그런 상태가 되자 다 할 수 있을 것만 같다니.

그런 날들이 계속되었어. 내 생활은 정상적일 수 없었어. 잠도 못 자고 밥도 먹을 수 없었어. 마음이 편한 날이 없었어. 너는 모르겠지만 사실 나는 좀… 힘들었어… 사람들은, 누가 누굴 좋아하면 그 사랑을 받는 상대도 은근히 좋아하고 있다고 생각하겠지만, 전혀 아니야. 괴로울 뿐이야. 그토록 일방적인 건 힘들어.. 불안해서 아무것도 할 수 없을 정도가 되는 건 정말이지… 힘들어….

휴가 나온 어느 날, 네가 참 많이 야위었다고 생각한 적 있었어. 얼굴이 반쪽이 됐다고 말했더니 너는 아무 말도 하지 않았어. 사실 별걱정 안 했어. 살이야 좀 빠질 수도 있으니까. 난 무심했어. 너를 붙들고 얘기를 해야 했는데. 무엇 때문에 이렇게 날마다 야위어 가는지 다그쳐서라도 알아냈어야 했는데. 그럼 여기까지 오지 않았을까?

> 누구에게도 얘기할 수 없었어. 너한테 하지 못하는 얘기라면 다른 사람한테 역시 할 수 없었어. 너는 모르는데, 다른 모든 이는 알고 있는 그런 비밀은 내게 없어. 그건 나 스스로 용납할 수 없었으니까.
> 시간이 참 느리게 가더라. 남들은 모두 바빠 보이는데 내 시간은 그 전보다 훨씬 더디게 흘러갔어. 늘 자기 전에 생각했어. 아침에 일어나 눈을 뜨면 몇 년 후의 어느 날이 되었으면 좋겠다고 말이야. 그래, 그 정도였어. 자고 일어나면 서른쯤 되어 있었으면 좋겠다고… 그러면 이 모든 게 또 한 번 웃고 넘길 수 있는 사소한 일이 되겠지 하면서….
> 아무리 달려도 떨어지지 않는, 상원이는 내게 괴물이었어. 깨어 있을 때는 살아 움직이는 괴물이었고, 잠들었을 때는 악몽과도 같았어. 그래서 나는 잠을 잘 수도 없었어….
> 그 애는 늘 날 보고 있었어. 내가 누구와 있는지, 무얼 하는지

다 알고 있었어. 멀리서, 때로는 가까이에서 지켜보고 있었어. 언젠가부터 내 방 창문을 열 수가 없었어. 내 방은 3층이었고, 창문을 통해 날 볼 수 없었겠지만 그래도 난 불안했어. 그렇게 하루하루를 보냈어. 넌 나를 이해할 수 있니 윤아?

이런 날들의 연속이었고, 그나마 널 만날 때 비로소 숨통이 트이고 그 애의 시선에서 벗어날 수 있었다는 걸 믿을 수 있어? 그 애는 널 만날 땐 나타나지 않았어. 그 애의 마지막 양심이었겠지. 그래, 차라리 지켜보기만 하는 건 괜찮았어. 그런 건 노래 가사로 만들어도 아름답잖아? 지켜보기만 하는 사랑.

나는 모르겠어…. 네가 무슨 얘기를 하고 있는지 모르겠어….

사랑? 그 애가 이 말을 들으면 화낼지 모르지만 사랑은 아니었어. 사랑은 이런 게 아니야. 다른 사람을 힘들게 하고 괴롭게 하는 건, 불안에 떨면서 잠 못 들게 하는 건 사랑이라고 이름 붙이는 게 아니라고….

그건 그냥 집착이었어. 서서히 변해갔어. 지켜보기만 하던 그 애의 눈빛이 변해갔어. 사람들은 그걸 욕망이라고 부르지. 집 앞에서 날 기다리던 그 애는 때로는 애절하게, 때로는 무섭게 자기 마음을 내비쳤어. 그리고 내 마음도 자신과 같기를 강요했어. 그러다 안되면 날 안으려고, 키스하려고 했어. 남자들은 참 이상해. 강제로 안으려고 하는 것이, 입 맞추려 하는 걸 사랑이라고 생각하나 봐. 사실은 날 좋아하고 있는데 자기 마음을 깨닫지 못하는 것뿐이라 착각하고 있나 봐.

아니, 그건 폭력이야.

진실이냐, 아니냐를 판단하기 위해 팽팽 돌아가던 내 머리는 어느 순간 정지가 되어 아무런 생각도 할 수 없어졌다. 눈으로 읽고 있지만, 완전히 마음으로 받아들일 수 없다. 어떻게 이럴 수 있는지 그 생각뿐이다.

내가 지금 꿈을 꾸고 있는 것인지, 그렇다면 빨리 깨어났으면 좋겠고, 내가 지금 다른 세상에 와 있다면 얼른 내 세계로 넘어가길 바랄 뿐이다. 그런데 이건 꿈도 아니고 이상한 나라의 앨리스처럼 다른 세계에 와 있는 것도 아니다. 이건 내가 받아들여야 할, 그것도 진작 받아들였어야 할, 피할 수 없는 현실이다.

오해하지 마. 난 거부했어. 필사적으로 말이야.

알아. 넌 그랬겠지. 넌 그랬으니까….

아니…. 그랬을까? 정말 거부했을까?

생각이 여기까지 미치자 나란 놈을 세워놓고 죽도록 패주고 싶다.

이 미친놈.

그대로 받아들여. 판단하지 마. 유진이잖아.

그 애가 이렇게 이야기하고 있잖아.

죽으면서까지 남긴 이야기잖아.

그냥 믿어. 믿으라고.

그리고 어느 날, 집으로 돌아가는 데 그 애가 있었어. 무시하고 지나가 빌라로 올라가는데 날 따라 올라왔어. 늦은 시간이라 큰 소리는 낼 수 없었고, 돌아가라고 했어. 찾아오지 말라고 했어. 절대 너를 좋아할 일 없을 거라고, 그저 괴로울 뿐이라고 말했어. 그래, 그렇게 말했어. 너 때문에 괴롭고, 너 때문에 힘들다고. 제발, 제발 그만 좀 하라고 부탁했어. 다시는 보고 싶지 않다고 말했어.

넌 누구 때문에 힘들다는 말을 하지 않는 사람이었어. 아마도 세상에 태어나 그 애가 다른 사람에게 한 말 중 가장 독한 말이었을 것이다. 상원이라면 그 말에 무너져 내렸을 거야…. 그 자식도 너만큼 여렸으니까….

그 애는 아무 말이 없었어. 내 말을 알아들었다고 생각했어. 바보같이. 체념하는 표정이었거든. 그래, 자기도 얼마나 힘들었겠어. 상대방이 내 맘과 같지 않을 때 미칠 것 같은 기분, 나도 알거든. 그 애가 돌아서는 걸 보고, 열쇠로 문을 열고 들어가는데 발 하나가 문틈을 비집고 들어왔어.

…….

그러더니 너무나 빠른 동작으로 집 안까지 들어와 나를 밀쳤어.

…….

그리고는 내 옷을 벗겼어. 바닥에 떨어진 핸드폰을 주우려 했는데, 내 핸드폰을 던졌어.

그만….

소리를 지르려고 하니 내 입을 틀어막았어. 강한 힘이었어. 난 어떻게 할 수 없었어. 도저히 내 힘으로는 감당할 수 없었어…

제발 그만해….

거부하는 것. 죽을 힘을 다해 벗어나는 게 내가 할 수 있는 유일한 것이었는데 난 그러지 못했어.

손톱. 뽑힌 거 보니 뭔가 무척이나 필사적이었나 본데… 피가 그대로 맺혀 있네. 이것 봐….

미안해 윤아… 나는 아무것도 할 수 없었어. 내가 할 수 있는 것이라곤, 그 애가 자신이 저지른 엄청난 일에 대해 스스로 놀란 후 돌아간 것을 본 뒤, 옷을 주섬주섬 챙겨 입고 우는 것밖에는 없었어. 그리고는 갑자기 밀려드는 고통에 손을 보니 피가 흐르고 있었어. 손톱이 빠지는 줄도 몰랐던 거야 나는… 그렇게 해도 난 어쩔 수 없었는데 말이야.

제발… 그만….

어스름한 새벽이 지나고 아침이 되었다. 난 유진이의 편지를 꼭 쥔 채로 단 한 걸음도 내디딜 수 없었다. 고개를 들어보니 커다란 태양이 나를 잡아먹을 듯이 떠 있다.

처음으로 밝음이 무섭다는 생각이 든다. 어둠 속으로 기어들어가고 싶다.

그 애가 한 말이 떠오른다. 그렇게 집에만 있지 말고 좀 돌아다니라고 말했더니, 태양이 떠 있는 거리를 걸을 수 없었다고 했다. 거리를 지나다니는 사람들이 무서워 견딜 수가 없다고 했었다. 길을 걸을 때도 그 애는 햇빛이 비치는 쪽보다 그늘진 곳으로 걷곤 했다.

나는 그대로 놔두었다. 그 애를 햇빛이 비치는 거리를 걷도록 도와주지 않고 그늘진 곳에서 웅크리고 있도록 두었다. 사실, 그 애가 그러고 있는지도 몰랐다. 원래 어두운 애라고 생각했었기에. 우울하고 불안한 사람이라고 여겼다.

언제부터였을까? 햇살같이 밝고 빛이 난다고 여겼는데, 멀리 있어도 한눈에 들어와서 심장을 두근거리게 했는데. 어느 순간부터 그 애는 우울하고 어두운 사람으로 내 머릿속에 각인 되었었다. 그리고 나는 그것을, 원래 그런 아이라고 단정 지었던 것이다. 내가 그 애를 내 멋대로 단정 지은 게 어디 이것뿐일까?

가장 큰 실수를, 실수라고 말하기에는 그 무게가 엄청난 그런 잘못을 저질렀는데.

모두, 상원이 그… 개자식 말을 믿고 유진이가 그를 유혹해 잠자리를 가졌다고 믿고 있지만-이 모두 그 개자식이 이 사람 저 사람에게 한 말이다-사실, 이게 말이나 되는 소리인가. 유혹해 잠자리를 가진다는 그 씨알도 안 먹힐 법한 이야기를 나는 믿고 있었다니. 지들이 무슨 영화 속 주인공이라고, 그것도 어디서 싸구려 삼류 영화를 보고 와서는 소문이라고 퍼뜨리다니…. 그런 걸 믿고 눈이 뒤집혔었다니. 조금만 생각해보면 말도 안 되는 소리를 왜 지금껏….

나는, 그놈 말을 믿어 버린 것이고, 그놈이 퍼뜨린 소문을, 그리고 그 소문을 이야기하는 자들을 믿었다.

유진의 침묵을, 죄를 지었으니 할 말이 없는 것으로 간주하고 그녀를 욕했다. 날 바라볼 때, 단 한 번도 흔들리지 않았던 그 눈빛을 믿었어야 했는데, 말하지 않아도 그 마음을 알아주었어야 했는데, 나라도 그 애를 감싸주었어야 했는데 상대가 없어져 버렸다. 이제는 너를 믿는다는, 너를 믿지 않은 것을 후회한다는 말을 할 수조차, 그럴 기회조차 없어져 버렸다.

그 애가 세상에 없다. 세상에서 없어져 버렸다. 가위로 오려내듯 그 애만 사라졌다.

내가… 사라지게 한 것이다.

나만 믿어주었더라면, 그 애 곁에서 방패가 되어 주었다면.

때늦은 후회는 사람을 철들게 하나 보다.

클럽에서 밤새워 놀다가 이제야 집으로 발걸음을 돌리는, 지친 듯한 표정으로 나오는 사람들이 힐끗거리며 나를 보아도 눈물이 멈추질 않는다. 아니, 나는 눈물을 흘리고 있는 것이 아니라 목 놓아 울고 있었다. 다 큰 어른이 길 한복판에서, 그것도 길바닥에 주저앉아, 누군가에게 혼나 서러운 마음을 토해내는 아이처럼, 소중한 것을 잃어버리고 후회하는 마음으로 울고 있었다.

누군가 이렇게 울고 있는 나를 본다면 불쌍하게 여기지 말고, 무슨 사연이 있나 보라며 안타깝게 여기지 말고 그냥 꾸짖어 주기를.

왜 잃어버린 후에야 이렇게 후회하며 울고 있는지를 꾸짖어 주기를.

> 미안해… 끝까지 하고 싶지 않은 이야기였는데. 너에게만은 하지 않으려 했는데 결국은 하게 되었어. 나는 끝까지 너에게 여자로 남고 싶었고 그것에 대해 한 치의 오점도 남기고 싶지 않았는데 결국 이렇게 되어 버렸어….

여자이고 싶은 마음. 한 남자의 여자이고 싶은 마음일 것이다. 갑자기 내가 부쩍 큰 느낌이다. 퉁퉁 부은 눈을 하고서 그 애의 편지를 마저 읽는다. 내가 할 수 있는 건, 그저 그 애의 이야기를 들어주는 것뿐.

> 난 그 전보다 훨씬 더 큰 두려움과 불안 속에서 살았어. 네가 알지 않기를 바랐으니까. 다른 사람들이 날 어떻게 욕하는지

도 알고 있었어.

알고 있었다고? 그런데도 견딘 거야?

그렇지만, 너만 모르면 난 상관없었어. 어리석게도 난 네가 끝까지 모를 거라 생각했어. 누가 감히, 이런 민감한 문제를 당사자에게 직접 이야기할 수 있겠어, 그렇게 용기 있는 사람은 없으리라 판단했지.
그 문제를 이야기하면 너와 내 관계가 끝나는데 그렇게 되면 그런 이야기를 한 사람은 어떤 식으로든 비난받게 될 것이기에 입 다물고 있을 것이라 생각했어. 물론, 판단 미스였지만.

그래, 잘못 생각했어 너는. 사람들이 너와 내 관계가 끝나는 것에 신경이나 쓸 것 같아? 그 정도의 이야깃거리를 자기 입으로 전할 수 있다는 것에 기쁨을 느꼈을 거야. 그랬어. 실제로도. 네 말대로 경쟁하듯, 자기가 더 많이 알고 있다는 듯 말해줬으니까 다들.

나는 나를 추슬러야 했어. 너를 다시 만날 날까지 난 그 일이 있기 전의 나로 돌아가야만 했어. 너에게 나를 보여 줘야 했으니까. 난 그 일을, 어쩔 수 없는 사고라 여기며 다시 잘해보려고 했어. 살려고 했어··· 어떻게든 그 시간으로 되돌려서 그 일이 일어나지 않게끔 할 수 있다면 난 내 영혼이라도 팔았겠지만 그럴 수 없기에 난 선택을 해야 했어. 빨리 회복하는 것. 그래서 너를 보며 다시 웃을 수 있게 말이야. 난 내가 강하다고 믿었거든.

가장 길고도 지독한 편지의 끝이었다. 그다음 편지부터는 왠지 쉬울 것 같은 예감이 든다. 엄청난 일을 겪고 나면 그 뒤에 어떤 일이 닥쳐도-그 일보다 더 무시무시하지만 않다면-견뎌낼 수 있는 힘이 생긴다. 아니, 그건 힘이라고 말할 수 없다. 어떤 경우에서는 씩씩하게 일어나 다시 달릴 수 있는 에너지가 생기지만 이런 경우에는 그렇지 않다. 이럴 땐, 그저 다음 일에 대해서는 체념에서 나오는 이상한 기운으로 가득 차 있다.

그 애에게 유난히 우울한 시기가 있었다. 늘 힘없는 목소리에 깊은 한숨으로 전화를 받았고, 휴가를 나와 만났을 때 무얼 해도 그 애는 즐거워 보이지 않아 내 힘을 쭉 빠지게 했다. 나는 그때마다 나무랐다. 나랑 헤어지고 싶은 거냐고 소리를 질렀다. 이제는 내가 싫어진 거냐며 다그쳤다. 내가 소리를 지르고 난리를 한바탕 쳐야 겨우 그 애의 입에서 나오는 말은… 우울하다는 것이었다.

난 이해하지 못했다. 아니 이해하려 하지도 않았다. 사는 게 힘들지 않으니, 속 편한 소리가 나오는 것이라 생각했다. 세상에 부족할 게 없으니 그런 감상에나 젖어 사는 것이라고 하며 이렇게 우울한 상태라면 미쳐버릴 거라고 말했다. 도대체 왜 그러는지 물어봤을 때, 그 애의 대답은 늘 '그냥'이었다. 아니면 '나 괜찮은데' 라는 대답.

그래서 나는 아무런 이유도 없이 그 애가 늘 이렇게 축 처진 어깨를 하고 세상의 온갖 시련을 겪고 풍파를 맞으며 사는 것인양하는 꼴이 너무나 보기 싫었다. 나는 그 애가 '우울함'을 즐긴다고 생각했다. 감상에 젖어 사는 걸 뭔가 있어 보이는 줄 아는 걸로 착각한다고 여겼다. 그래서 옷도 밝은색으로 입으라 하고 운동도 시작하라고 했다. 몸이 피곤하면 저절로 그런 생각은 없어질 거라 여겼다. 군인이 나로서는 그저 그게 최고라 생각했다.

왜 나한테 말할 수 없었을까… 만약 누군가에게 이야기해야 한다면 그것은 나여야 할 것이고, 그리고 난 그런 사고에 대해 여자가 순결을 빼앗겼네 하면서 생각할 놈도 아닌데 그 애는 왜 말하지 않았을까. 나에게 말했더라면… 이렇게까지 되지는 않았을 텐데….

그 애는 이미 깊은 수렁에 빠져 허우적거리고 있었고, 나중에는 그 속에서 나올 생각조차, 시도조차 하지 못하고 서서히 죽어가고 있었다.

그리고… 나 자신에 대해서 자신이 없었다. 만약 그때 나에게 그대로 얘기했다 하더라도 내가 온전히 믿을 수 있었을까? 한 치의 의심도 없이? 그것 또한 모르는 일이다.

9

언제나 그랬지

주위를 둘러보고 나서야 내가 길바닥에 주저앉아 있다는 사실을 다시 한 번 인지하고, 일어서는데 다리가 후들거렸다. 밤을 꼬박 새운 데다 그렇게 울기까지 했으니 컨디션이 정상일 리 없었다.

나도 점점 지쳐간다.

처음으로 커피를 주문했다. 그 애는 피곤할 때 커피를 마셨다. 원래 좋아하기도 했지만 피곤하거나 잠을 못 잤을 때는 종일 커피를 입에 달고 살았다. 그 애가 하는 대로 카푸치노를 주문했고 시나몬 가루는 뿌리지 말아 달라고 했다. 카푸치노는 달았던 기억이 난다. 남자 혼자 이런 데 와서 커피를 마시려니 좀 어색하다.

그 애가 내 앞에 앉아 있다.

눈을 비비고 다시 앞을 보니 여전히 내 앞에 있다. 난 주위를 둘러보고, 마치 그 사람들에게는 은영이 보이지 않는 듯 그 애에게 조심스레 말했다.

"유진아…."

그 애는 대답은 하지 않은 채 커피만 마시고 있다. 나를 쳐다보지도 않은 채 발을 까딱거리며 잡지를 보고 있다. 커피점 문이 열리자 그 애가 문 쪽을 바라본다. 누군가를 기다리고 있나 보다. 기다리던 사람이 아니라는 듯 뾰로통한 표정을 짓더니 다시 잡지를 보며 발을 까딱거린다. 조그만 발이 귀엽다.

그 애에게 언젠가, 그렇게 조그만 발로 어떻게 걸어 다니냐고 물은 적 있다. 발이 작아서 몸이 기우뚱거려 잘 넘어지는 게 아니냐고 말했더니 그 애가 웃었다.

그 애는, 잘 웃었다.

내가 하는 말에 그 애는, 잘 웃었다.

"누구 기다려?"

여전히 대답이 없다. 지금 이 모습 언젠가 본 적이 있는듯하다. 날 만나며 베레모를 쓴 적이 몇 번 없어 기억할 수 있을 것 같다. 언제였더라…. 그 애의 휴대폰에 전화가 오는지 부르르 떨고 있다.

"응, 나 지금 들어와 있어. 어? 여기"

그 애가 활짝 웃으며 손을 흔들고 있다. 뒤를 돌아보니 한 남자가 이쪽을 보며 살짝 손을 들어 그녀를 보았다는 표현을 한 뒤 성큼성큼 걸어온다. 그러더니 내 옆에 앉는다.

"많이 기다렸어?"

"아니, 나도 좀 전에 왔어. 뭐 마실래?"

"난 안 마셔도 될 것 같은데… 베레모 썼네? 이쁘다."

남자가 베레모를 손으로 톡 치며 말한다.

"이상하지 않아?"

"이쁘다니까… 사진 찍으러 가자."

"카메라 가져왔어?"

"아니. 스튜디오 가서."

"됐어… 무슨 스튜디오야."

"찍자. 근데 밥부터 먹고. 배고프다."

"배고파? 나갈까?"

그 애가 옆에 둔 빨간 목도리를 목에 두르며 서두른다.

"천천히 해. 커피는?"

"들고 가지 뭐."

남자는 그 애가 마시던 커피를 입에 갖다 대더니 이내 찌푸린 얼굴이 된다.

"아, 써. 이걸 왜 마시나 몰라."

울상이 된 남자를 보며 그 애가 까르르 웃는다. 나도 덩달아 웃고 싶어진다.

"너 입술에 묻었어."

남자가 입술을 소매로 훔치기도 전에 그 애의 입술이 먼저 다가간다. 남자는 그 순간 조금 전 마셨던 커피가 달콤했다는 착각마저 들었고, 그 뒤로 커피는 쓰지만, 카푸치노는 달콤하다는 생각을 하게 되었다.

"윤아, 뭐 먹고 싶어?"

사람의 기억이란 참 이상하다. 이런 상황에서, 생각지도 못했던 기억이 툭 튀어나오다니. 기억하는지조차 모르고 있었는데. 나는 입술을 슬쩍 만져보았다. 그리고 뒤를 돌아보았다. 그 애가 카페 밖에서 남자의 코트 깃 매무새를 만져 주고 있었다.

그래, 언제나 그랬지.

10

한낮에 스며드는 달빛을 받으며

편지와 함께 들어있던 사진을 보았다. 성당이었다. 성당이라고는 근처에도 가본 적 없는 나지만, 여기는 알 것 같다. 이제는 관광명소로 더 유명해지고, 건축학부 학생들의 답사 코스가 되어버린 번화가에 있는 그 성당이다.

이번에는 성당인가? 사진의 뒷면을 보니 토요일 오후 두 시라고 적혀 있다. 토요일 오후 두 시의 성당. 상처받는 이들이 고통에서 벗어날 수 있도록 기도하는 이곳에서 그 애는 또 어떤 상처를 받았을까? 누가 이 아이를 구원해주지 못하고 자꾸만 깊은 수렁으로 빠지게 했던 것일까. 이번에는 또 누가….

그 날 밤 나는 심한 오한을 느꼈고 며칠 동안 지독한 감기로 앓았다. 감기 한 번 안 걸리고 겨울에도 얇은 이불을 덮고 자던 내가 전기장판 온도를 아무리 높여도 추위를 느끼며 덜덜 떨었고, 물 한 모금 마실 수 없이 목이 따끔거렸고 음식물이라도 조금 들어가면 다 토하고는 했다. 이게 무슨 일이냐며 엄마는 당장 병원에 가자고 야단이었고 아버지도 한밤중에 내 방을 몇 번이나 다녀가고는 했다.

그래, 사실 나는 내가 좀 아팠으면 싶었다. 나는 좀 아파야 했다. 그러다가 잠들면 난 알 수 없는 꿈을 꾸고는 했다.

내가 다녔던 고등학교 앞, 평소처럼 자전거를 타고 등교하고 있는데 저 앞의 광경을 보고 나는 멈췄다. 교복을 입은 한 여학생이 서 있고 그 앞에는 남학생이 서 있다. 남자가 오렌지를 여자에게 던졌다. 그 오렌지는 여자의 바로 코앞에서 멈추었다 다시 남자에게 돌아가기를 반복했다. 난 보고만 있다.

사물이 갑작스레 자기 눈앞에 던져지면 인간은 얼마나 공포심을 느끼던가. 차라리 한 대 맞히고 끝내든지 하지, 그 남자는 계속해서 오렌지를 던진다. 여자는 무서워한다. 이 일이 어서 끝나기를 바라고 있을 뿐, 그 자리를 피하지 못하고 있다. 여자의 두려움이 내가 서 있는 땅바닥까지 전해지고 발끝을 타고 올라와 내 심장까지 덜덜 떨게 한다. 그만하라고 말리고 싶지만, 여자한테 도망가라고 말해야 하지만 난 그냥 보고만 있다.

"윤아, 윤아."

엄마가 머리맡에서 나를 걱정스러운 듯이 내려다본다. 상큼한 냄새에 코를 킁킁거리니 엄마가 오렌지가 놓인 접시를 들고 있다.

꿈은 또 이어진다. 이번에는 캄캄한 밤 운동장 옆에 있던 수돗가 앞이다. 가로등만이 그들을 볼 수 있다. 남자가 여자의 블라우스를 손으로 찢었다. 난 본능적으로 주위를 둘러본다. 여기서 괜찮은가. 그녀는 속옷이 다 보인 채로 그 자리에 굳은 듯 서 있고 남자는 그녀에게 소리를 지르며 뭐라고 하더니 돌아서 간다. 그냥 간다?

나는 꿈에서도 생각했다. 저게 다야? 그다음은? 그러면서 그 여자에게 다가갔다. 그 여자는 아직도 속옷이 휑하니 보이는 채로 나를 바라보더니 그 모습을 가릴 생각도 하지 않은 채 나를 스쳐 지나갔다. 언제부터 나를 보고 있었을까. 아니 내가 있는 것을 알았을까. 내가 잡아야 하나. 야하지는 않았지만 어쨌든 저 정도라도 벗은 여자가 꿈에 나오기는 참 오랜만이라는 생각에 나도 모르게 피식 웃음이 난다. 이 꿈은 좀 오래 꾸었으면, 뭔가 더 진도가 나아가기를 바라면서 그 여자를 쳐다보았다. 그때, 나를 스쳐 지나가던 그 여자가 뒤를 돌아보았다.

그 애였다. 나를 보더니 다시 가던 길로 가는데, 그 애를 부르려고 해도 목소리가 나오지 않았고 쫓아가려 해도 다리가 움직여지지 않았다. 그 애는 점점 멀어져서 갔고 끝내 어둠 속으로 사라졌다.

"가지 마…."

얼마나 시간이 지났을까.

"윤아, 일어나서 죽 좀 먹자."

등 밑이 축축하다. 오한도 덜 하고, 열도 좀 내린 것 같다.

"오늘 무슨 요일이에요?"

엄마는 죽을 한 숟갈 뜨더니 후후 불고 있다.

"토요일. 왜?"

토요일…. 홍대에서 집에 온 날이 수요일이니 사흘 내내 이러고 있었던 거였다.

"내가 먹을게."

달걀노른자가 떠 있는 전복죽이다. 종지에 담긴 참기름 냄새가 고소하다. 식욕이 돋는다. 죽 한 사발을 그야말로 해치우고 씻으러 욕실로 갔다. 수염도 많이 자랐고 입술은 다 터서 형편도 없다. 양치질하다가 비릿한 향에 침을 뱉어 보니 피가 함께 나온다. 거울에 가까이 대보니 잇몸에서 피가 나고 있었다. 그제야 정신이 번뜩 들었다. 마치 기억을 잃었던 사람이 어떤 충격으로 한꺼번에 기억이 돌아오듯 여러 가지 일들이 필름처럼 지나가는 듯

한. 그 필름은 그 애의 손톱을 클로즈업한 채로 끊겼다.

"집에서 쉬지 어딜 가."

엄마의 외침을 뒤로 한 채 난 집을 나섰다.

명동 한복판에서 웃으며 지나가는 연인들을 보며, 친구와 팔짱 끼고 돌아다니는 교복 입은 여학생들을 보며, 일본 식당 앞에서 전단지를 나누어주는 대머리 남자를 보며 생각했다. 저들은 왜 살고 있을까? 아니, 어떻게 살아가고 있을까…. 행복할까? 모두들 아무 일도 없이 '오늘도 무사히' 살고 있는 것일까? 왜 유진이는 저렇게 살아가지 못했을까? 독한 마음 먹고, 모두를 무시해 버리고 고개를 꼿꼿이 들고 살아가지 못했을까? 왜 그 애는 이런 햇빛이 비치는 거리를 걷지 못하고 어둠 속에서 웅크리고 있었을까?

그 애가 없는 이 세상에도 이렇게 오색찬란한 빛깔이 존재한다는 사실이 놀랍다. 그런 생각을 하니 내 주위의 풍경이 흑백으로 물들기 시작한다.

성당 밖에서 담배를 한 대 피고 나니 두 시 오 분 전이 되었다. 사실 좀 어색하다. 괜히 옷매무새도 다시 만져보고 얼굴도 쓱 쓱 마른세수를 한 뒤 성당 안으로 들어갔다. 안은 조용했다. 미사 시간도 아니었고, 사람도 보이지 않았다. 시계를 다시 보니 분명히 두 시였다.

"저, 무슨 일로 오셨나요?"

두리번거리는 나에게 수녀님 한 분이 말을 걸었다. 성당에 오는 이를 반긴다는 듯한 인자한 얼굴로 나를 바라보았다. 혹시 유진이란 아이를 아시나요?

"저… 토요일 오후 두 시에…."

그다음 말을 할 수 없었다. 내가 아는 건 이게 전부였으니.

"아… 상처와 치유의 시간에 오신 거군요… 이쪽으로 오세요."

상처와 치유의 시간이라. 수녀님은 나를 다른 건물로 안내했다.

그곳에 들어가니 이십여 명의 사람들이 동그랗게 모여 앉아 있었다. 그래, 언젠가 이런 장면을 본 적이 있는 것 같다. 어느 외국 영화에서 알코올 중독자, 마약 중독자 등의 사람들이 모여 앉아 자신이 언제 처음 마약을 하고, 중독이 되어 어떻게 살았는지, 그리고 어떻게 극복하고 있는지 등에 관해 이야기를 나누었던. 딱 그 분위기다. 유진이는 이곳에서 자신의 이야기를 했던 것일까?

"환영합니다. 앉으시죠."

얼떨결에 나도 한 자리를 차지해 앉았고 사람들의 이야기는 시작되었다.

"남편은 술만 마시면 때렸어요… 그렇지만 그 다음 날에는 눈물을 펑펑 흘리면서 용서를 구하고 애들한테도, 나한테도 잘했어요. 다시는 안 그러겠다고 후회하고… 그러다 또 술만 마시면 시작되는 거죠."

여자들 화장에 대해 잘 모르는 나조차도 말투가 느린 그 아줌마의 화장이 두껍다는 걸 느꼈고, 그 이유가 눈가에 시퍼렇게 든 멍 때문이라는 것도 알았다. 참 진부한 이야기였다. 많이 들었던 이야기라 진부한 소재였는데 실제로 눈앞에서 자신의 이야기라고 하니 어찌할 바를 모르겠다. 우리는 지나가는 한 마디로 '술 먹고 여자 때리는 남자 많대' 라고 말한다. 내 일이 아니기에 그 한 마디로 무심히 지나가곤 하지만 사실은 이게 얼마나 무섭고, 큰일인지 나는 지금에서야 깨닫고 있다. '정말 이렇게 사는 사람도 있구나'를 생각하며. 나와 다른 세상에 사는 사람을 지금 나는 만나고 있다.

그 애는 어떤 마음으로 이 자리에 있었을까? 이야기는 계속되었다. 도박에 빠져 집도, 가족도 잃은 아저씨, 시어머니와 갈등이 너무 심해 남편과 이혼을 생각하는 아줌마, 학교 폭력으로 학교를 그만두고 검정고시를 준비하고 있다는 남학생, 어릴 때 성폭행의 상처로 남자를 만나지 못한다는 여자….

성폭행. 누가 내 목을 조르는 것처럼, 아니 타이를 꽉 졸라맨 것처럼 답답하다. 그래, 한 번도 그 애에게 닥친 일이 이렇게 한

단어로 그것도 이렇게 직접적인 표현으로 요약되는지 생각해 본 적 없었다.

"저…."

이야기를 진행하는 사람이 나를 보며 입을 뗀다. 사람들이 나를 보았다. 동그랗게 앉은 순서로 보아 이제는 내 차례인 듯하다. 나는 할 이야기가 없다. 그저 그 애를 찾으러 왔을 뿐이다.

"아. 저는… 저는 누구를 좀 찾으러 왔어요."

몇몇은 갸우뚱거리는 표정을 짓고 몇몇은 옆 사람에게 소곤거리고 있다.

"제가 찾는 사람은… 여기에 없어요."

사람들이 이게 무슨 말인가 하는 표정을 하며 내 말을 듣고 있다.

"아무 데서도 찾을 수가 없어요… 왜냐하면… 아무도 찾을 수 없는 곳으로 갔으니까…."

그래, 그 애가 남긴 편지와 사진을 죽어라 찾으러 다니면 뭘 하나. 이미 그 애는 없는데. 이게 다 무슨 소용이지, 라는 생각이 든다.

"그 사람은 아마, 이곳에서, 가장 구석 자리에 앉아 여러분의 이야기를 들었을 겁니다."

난 그 애가 앉았음 직한 가장 어둡고 변두리 자리를 쳐다본다. 빈 의자가 있을 뿐이다.

"그 애는… 누군가가 울면 같이 울고, 웃으면 같이 웃는 그런 사람이었어요. 이제는 그 어느 곳에서도 그 애를 볼 수 없는데…."

그 애가 저 의자에 앉아 있다. 내 이야기를 듣고 있다.

"저는 여기에… 왜 온 걸까요?"

상처와 치유의 시간은 끝이 나고 하나둘씩 자리를 떠났다. 검정고시를 준비한다던 남학생만이 꿈지럭거리다 마지막에야 갔다. 모두가 떠나고 난 주위를 둘러보았다. 그 애는 이곳에서 뭘 했을까? 햇살이 잘 비치지 않는 구석진 자리에서 사람들의 이야기를 들으며 끄덕거렸을 것이다. 나는 그 애가 앉았을 법한 자리로 가서 앉았다.

그리고 그 애는 뭘 했을까? 사람들이 떠나고 나면 의자를 정리하고 빈 종이컵을 치웠을 것이다. 언제나 남아서 뒷정리를 하고는 했으니까…. 난 그 애처럼 의자를 줄 맞춰 정리하고 쓰레기를 치웠다. 그리고 나니 피아노가 보였다.

아무도 치지 않는 듯, 피아노는 뽀얀 먼지를 뒤집어쓰고 있었다. 피아노 의자를 당겨서 앉아 뚜껑을 열었다. 감추어 놓는 것을 깜빡하고 잠시 외출한 누군가의 비밀을 엿보는 것 같은 기분이 들었다. 건반을 눌러 보았다. 먼지가 쌓인 것치고는 꽤 청명한 소리이다. 피아노를 쳐 보고 싶었다.

어릴 때, 피아노를 가르쳐 주던 음대생 누나가 집에 오면 책상 밑이나 옷장 속에 숨고는 했다. 그때는 피아노를 배우는 게 싫었고 결국은 엄마도, 그 누나도 포기해버려 도중에 그만두었다. 그런데 고등학교 때 텔레비전에서 어느 여배우가 피아노 연주하는 것을 보고 그 곡이 가지고 싶었다. 너무나 유명한 곡이었는데 난 난생처음 듣는 그 곡에 온몸이 녹아드는 듯한 전율을 느꼈다. 베토벤 소나타 '월광'. 피아노 학원에 다니는 사촌 동생한테 맛있는 걸 사주고 반강제, 반협박으로 배우다가 이렇게 하다가는 늙어 죽을 때까지 이 곡을 칠 수 없다는 생각이 들어, 피아노 건반에 번호를 붙여서 달달 외웠다. 그렇게 해서 난 '월광'을 칠 수 있었다. 절대 남 앞에서는 친 적이 없고, 집에 아무도 없는 날치고는 했었다. 내가 이 곡을 칠 수 있다는 사실을 아는 사람조차 없다.

오늘은 왠지 피아노를 치고 싶은 날이다. 햇빛이 창가 사이로 비치는 한낮의 오후였지만 나에게만은 어둠이 내려앉고 달빛이 고요히 떠 있는 그런 날이었다. 조금 치다 보니 피아노 소리가 이상했다.

몇 번을 다시 쳐봐도, 힘을 주어 봐도 피아노는 아픈 소리를 내었다. 조율에 대해서는 아는 것도 없었지만 일단 뚜껑을 열어

보자, 라는 생각이 들어 열었는데 피아노 줄 사이에 편지가 꽂혀있었다. 편지를 보고 난 순간 숨을 쉴 수 없었다.

어떻게 여기에… 내가 찾을 줄 알았던 거야? 찾을 거라고 믿었던 거야?

어떻게 넌… 넌…. 이럴 수 있지?

줄 사이에 끼인 편지를 조심스레 구조하고 난 다시 의자에 앉았다.

놀랐지? 어떻게 여기에 숨길 수가, 그리고 찾을 줄 예상했다는 사실에 놀랐지?

그래… 갑자기 내가 널 너무 몰랐다는 생각이 들어….

네가 피아노를 칠 줄 아는지 모르는지 나는 알지 못해. 그렇지만 네가 피아노를 보면 눈을 떼지 못한다는 사실은 알고 있어… 어느 날, 낙원 상가를 지나다가 너무나 투박하고 무식하게 커다란 옛날 피아노를 보고 넌 반했었잖아. 아름다운 여자를 보고 첫눈에 반한 사람처럼 넌 빠져 들었잖아….

내가 그랬어…?

그래서 네가 피아노를 보면 그냥 지나치지 못할 거란 걸 나는 알았어. 이렇게 먼지가 쌓이고, 구석에 처박혀 사람들 눈에 띄지 않는 피아노를 본다면 넌 더더욱 끌릴 거라 생각했어. 그리고 한 번은 네가 쳐 볼 거라고도… 이 피아노 소리가 꽤 그럴듯하지 않아? 사람들이 모두 집에 가고 나면 난 한참 동안 피아노를 치곤 했어. 하지만 피아노를 깨끗하게 닦거나 눈에 띄는 곳으로 옮겨 놓지는 않았어. 왜냐고?

너 혼자만의 피아노이길 바랐겠지. 넌 그런 곳을 좋아하잖아. 너 혼자만 알고, 남의 눈에 띄지 않는 그런… 마치 이 피아노가 놓인 구석 자리처럼 말이야.

여기 사람들은 만나봤어? 화장이 진한 그 아주머니는 남편과 아직도 함께 살고 있다니?

그래. 그 사람은 여전히 그렇게 살더라….

학교에서 친구들이 많이 괴롭힌다는 그 남자애는? 아직 나와? 그 애랑 꼭 한 번 얘기를 해보고 싶었는데… 구구절절 얘기는 안 해도 꽤 오래 나온 것 같더라고… 도대체 왜 괴롭히는 거야? 아니 이유를 묻는 건 어리석어. 질문이 어리석었어.

어떻게 사람을 그토록 괴롭힐 수 있는 거지? 토요일 오후에 여기서 시간을 보내게 할 정도로 말이야… 그 애가 걸려….

아차, 싶다. 그 남학생은 내가 말하는 사람이 유진이라는 걸 알았던 거구나.

이 사람들은 모르겠지? 어느 날 갑자기, 내가 보이지 않아도 그러려니 했을 거야. 어쩌면, 내 상처가 모두 치유되어 더 이상 이곳을 찾지 않아도 될 거라 생각했는지 몰라.

너도 이곳에서…. 아까 그 사람들처럼 네 얘기를 했어? 너의 가장 약하고 아픈 구석을 보여주면서 눈물을 흘렸어?

난 이곳이 좋았어. 내가 다니던 성당도 아니고, 집에서도 한참 떨어져 있는 곳이지만… 오히려 아무도 나를 알지 못하고, 그때의 나를 그대로 봐줄 수 있다는 사실에 기뻤어. 그래, 그때는 그랬어. 누가 나를 알아보는 게 싫었거든.. 아무도 나를 알지 못하는 곳으로 가고 싶었으니까….

결국은… 갔잖아….

좋았어.. 사람들의 이야기를 듣고 내가 같이 아파하고 슬퍼할 수 있고, 그들을 보듬어 줄 수 있어 괜찮았어. 물론 나는, 남이 아픈 걸 보고 나는 저 정도는 아니니까 괜찮아, 하는 그런 마음은 아니었어.

그래, 넌 그렇지 않아.

내가 이곳을 찾은 이유는 그저, 있잖아… 쉬고 싶었어. 무거운 마음을 내려놓고 싶었어. 그리고 한동안은 내가 괜찮아졌다고 생각했어. 착각이었지만. 난 완전히 그 기억에서 벗어날 수 없었지만… 거의 잠들지 못했지만 어쩌다 잠들어도 몇 번씩 깨고, 식은땀으로 등이 푹 젖어 있었지만, 더 이상 학교에 갈 수도 없었지만… 괜찮았어.

나는 꽤 긍정적이었어. 이 위기를 넘기면 내가 더 성장할 수 있을 것이라 믿었어. 나 정말 강하지 않아? 난 정말 강한 사람이었어.

넌 강한 사람이었어. 돌이켜 보니 그랬다. 그 애는 강하고 넓은 사람이었다. 도덕적인 가치관이 확고했으며 자기 신념도 확실했다. 옳고 그른 것에 관한 판단이 확실했고, 조금도 어긋남이 없었다. 남을 비난하는 사람은 마음이 약해서 그런 것이라며 무슨 일이든 자기 자신을 먼저 탓했다.

그 애는 용기 있었다. 자신의 잘못을 인정할 줄 알고, 비판을 받아들일 줄 알았다. 그 애는 참 멋졌다. 그 애가 이렇게 마음먹었다면 반드시 위기를 넘겼을 것이다. 넘겼어야 했다. 그런데 그렇지 못했다.

그 애가 넘기에도 이 벽은 너무나 높았고 위험했다.

적어도 벗어나려고 애를 썼으니 난 나 자신이 기특했어. 수렁에 빠져 허우적대기만 할 뿐, 건네주는 나무토막도 잡지 못하고, 빠져나갈 생각도 하지 못하는 사람들보다는 내가 현명하다고 여겼어. 나는 또 내가 잘났다고 생각을 해버린 거야. 이까짓 거 아무것도 아니라고 생각했지. 나는 참, 오만했어.

너는 참 용기 있어. 나는 너의 그 용기가 부러웠어.

새로운 사람들과 이야기도 나누고, 그림도 그리면서 즐거운 시간을 보냈어. 그리고 혼자 피아노를 치는 시간이 행복하기까지 했어. 이곳은 내 쉼터였어. 때로는 그 사람들의 이야기에 마음 아프고 눈물을 흘리기도 했지만 그런 공감할 수 있었기에 그 시간들은 참 충만했어. 하나도 버릴 게 없는 시간이었고, 집으로 돌아가는 동안에 마음이 조금이나마 가벼웠어.

내 이야기를 할 차례를 기다리며, 내 짐을 조금 내려놓는 날을 기다렸어.
어쩌면 나는 사람들이 나를 가엾게 여겨주고, 내 편을 들어주며 상원이를 욕하는 걸 상상했는지 몰라. 괜찮다고 날 안아주기를 바랐는지 몰라. 잊어버리라고 너의 잘못이 아니라는 그런 말… 그래 나는 바랐었어. 그러니 또다시 실망한 것이겠지. 아니, 실망이 아니라 다시 일어서려던 나를 다시 주저앉혔어. 결과적으로는.

외로웠다. 참으로. 너는….

내 이야기를 할 날이 왔어. 남 앞에서 말하는 건 좀 긴장되고 떨렸지만 난 느릿느릿 이야기했어. 생각보다 담담하더라. 눈물을 철철 흘리면서 이야기할 줄 알았는데 생각보다 담백하게 진행되었어. 그리고 기다렸어. 사람들이 무슨 말을 나에게 해줄지 기대했어.

기대하지 마… 너는 참 대단해. 그렇게 당하고도 또 사람을 믿고 기대를 할 수 있다니….

그런데 첫 질문이 뭔지 아니?

침을 꼴깍 삼켰다. 또 너는 어떤 상처를 받았니?

> 유진 씨도 그 사람을 좋아한 거 아니에요?
>
> 그게 아니면 그런 행동들을 즐기고 있었던 건 아닌지.
>
> 오, 주여. 당신은 어디에 있나요?

당황하는 그 애의 모습이 그려진다. 아무 말도 하지 못하고 얼어붙어서는 사람들의 의구심 가득한 눈빛을 견뎌냈을….

제기랄. 왜 다 그따위야?

너는 그 사람들의 이야기를 그렇게 들어주지 않았을 거야. 남편한테 맞는 아줌마한테, 아줌마가 맞을 짓을 한 건 아닌가요? 라고 말하지 않았을 거야. 그런데 왜 그 사람들은… 너한테….

그렇지만 그 지적이 굉장히 날카롭고 정확하다는 걸 나는 알고 있다. 사실 누구나 그렇게 생각할 수 있다. 아니, 생각할 것이다. 남자가 그렇게까지 했을 때는 여자도 어떤 액션이 있겠거니 하고 생각하는 건 당연하다.

> 순간 머리가 멍하더라. 즐기다니. 나를 늘 지켜보는, 들러붙은 껌처럼 떨어지지 않는 그 애의 행동을 즐겼다니! 소름이 끼치도록 무섭고, 잠들지 못하도록 불안한 나날들이었는데 내가

거기서 기쁨을 느꼈다고 말하다니! 이게 말이 되니? 눈앞이 캄캄해졌어. 더 이상 아무 말도 하지 못하고 난 그 자리를 떠났어.

나라면 네 이야기를 듣고 어떤 말을 했을까? 나 역시도 그렇게 생각했을 거야…. 순간이나마 의심했을 거야.

지금 네가 무슨 생각하는지 알아. 절대 아니야! 그 애를 좋아한 적 없어! 단 한 순간도 말이야. 그 애가 날 좋아해 주길 바란 적도 없어! 그런데 왜 이렇게까지 되었는지 지금도 나는 모르겠어.. 너에게 편지들을 쓰면서 계속 생각해보았지만, 답을 찾지 못했어.
어떻게 한 사람의 마음이 이토록 강렬해질 수 있는지, 다른 한 사람의 모든 걸 바꾸어 놓을 만큼 독해질 수 있는지 말이야.

세상에. 그냥 그렇게 되는 일도 있다는 걸 이제는 믿어.

어쨌든, 치유의 시간은 그렇게 끝이 났어. 어쩌면 나는 '치유'라는 말에 빠져들어 그곳에 나갔는지 몰라. 그 말에 속아서 내가 정말 괜찮아질 거라고 믿었는지 몰라. 그리고 내 주제도 모르고 나는 다른 사람들을 위로했어. 내 분수도 모르고 그들을 보듬어 주고, 그렇게 아픈 사람들을 위해서 내가 할 수 있는 게 무엇일까 고민했어. 우스워. 지금 생각해보니 이건 완전 코미디야.

상처받은 사람들의 마음을 치유해주고 싶다고 말한 적 있었어. 심리학을 배워보고 싶다면서, 치유는 오만한 발상이고 아픈 사람들을 진심으로 이해하고 위로해주고 싶다고 말했었어. 난 네가 이런 곳에 나오는 줄 몰랐지만…. 네가 치유 받기 위해서, 네 상처를 스스로 보듬어 주기 위해서 이곳에 왔지만 결국 네 목표는 이것이라 생각해. 너는 그런 사람이니까.

그래, 너는 그런 사람이야. 그런 사람이었어.

처음으로 이야기했는데 그런 말을 들으니 이제는 그 누구에게도 말할 용기가 나지 않았어. 사람들은 계속 나에 대해 떠들어 대고, 말도 안 되는 소문이 퍼지고 있었지만 난 침묵했어. 파도가 잠잠해지듯 이 소문도 그렇게 되기를 바랐어. 그런데 참 바보 같지 않아? 파도는 잠잠하다가도 세게 몰아치곤 하는데 말이야. 쉴 새 없이 몰아치는데 난 파도가 영원히 잠잠해질 거라고 생각하다니. 역시나 소문은 사그라지지 않았어. 오히려 더 크게 퍼져 나갔지. 그러면서 내 주위의 사람이 떠나가고, 나는 혼자가 되었어. 아주 완벽하게 말이야.

너랑 전화 통화 할 때를 빼고는 난 온종일 말 한마디 하지 않는 날들이 많았어. 믿어지니?

어느 순간부터 네가 참말이 많아졌다고 생각했어. 평소에는 무뚝뚝하고 말도 없던 애가 재잘재잘 하루에 있었던 일을 이야기해주는 게 즐거웠어. 나는 즐거웠는데, 네가 달라졌다고 생각했는데…. 그래 넌 달라졌었어. 그게 이런 식일 줄이야.

그리고 그 애가 날 다시 찾아왔어. 김상원. 그 순간 내가 정말 싫었던 건, 당당하게 그 애의 눈을 쳐다보지 못하고, 싸늘하게 말 한마디 던지지 못한 채 그저 두려움에 떨면서 그 애를 대했다는 거야.

바보 같아. 지금 생각해보면 난 잘못한 게 없는데, 마치 그렇게 행동한 게 내가 그 애에게 무슨 죄를 지은 것 같잖아! 왜 지나고 나면 후회를 하는지, 엎질러진 물을 다시 담지 못해 안달인지. 내가 싫어져.

자기를 똑바로 바라보지도 못하는 나를 바라보며 그 애는 이렇게 말했어.

모두들 떠나가고 결국 네 곁에 아무도 남지 않게 되면 넌 나에게로 오게 돼 있어. 그때 보자.

그 애가 돌아간 뒤 주저앉아 한참을 있었어. 일어나고 싶었지만, 집으로 들어가고 싶었지만 일어설 수 없었어. 너무나… 무서웠어….

사람을 진심으로, 죽여 버리고 싶다는 생각이 든다.

눈이 커다란 여자가 겁에 질려 웅크리고 있는 모습이 떠올라.

어두운 복도, 차가운 시멘트 바닥에 앉아 덜덜 떨고 있는 모습이 눈앞에 그려져.

고등학교 때 야자가 끝나고 집에 돌아가는데 비가 추적추적 내리고 있었어. 아파트 앞 정원에 하얀 솜뭉치가 있길래 이상하다 싶어 자세히 보니 조그만 강아지가 오들오들 떨고 있었어. 원래 집 없는 떠돌이 개는 아니었고 무슨 이유로 버림받은 강아지였어. 정원에서도 가로등 불빛이 들어오지 않는 가장 어둡고 축축한 곳에서 움직이지 않고 웅크린 채로 있었어. 도저히 그냥 두고 들어올 수가 없어서 집으로 데리고 들어가려고 안으려 하는데 나를 앙 하고 물더라. 그리 아프지 않았지만, 꽤 놀랐었어. 나를 그렇게 물어버린 강아지는 겁이 났던지 슬금슬금 도망을 가더라. 그리고는 또다시 가장 어둡고 습한 곳을 찾아 기어들어 갔어.

그놈이 물어버린 내 손가락은 아프지 않았지만, 왠지 가슴

한구석이 찌릿찌릿했어.

너라면 어땠을까… 손 내미는 사람의 손을 잡고 일어섰을까, 아니면 그 손을 뿌리친 채로 숨기 위해 더 어둡고 차가운, 사람이 오지 않는 곳을 향해 갔을까….

아마도 넌 사람의 눈에 띄지 않는, 또다시 배신당하지 않아도 될 곳으로 도망갔을 거야. 나라도 그랬을 테니까… 그 정도가 되기 전에 나는 너에게 손을 내밀어야 했어. 내가 손 내밀면 내 품에 안길 수 있도록 해야 했어. 그게 내가 할 수 있는 유일한 일이었는데.

나에게 그런 기회조차 주지 않고 완벽하게 숨긴 네가 미워….

이토록 나를 무력한 남자로 만든 네가 원망스러워….

자기 여자 하나 지키지 못하고 다른 사람들과 똑같이 비난하게 해 나를 비열한 사람으로 만든 네가 정말….

싫어….

그래, 여기까지야. 내 이야기는 이렇게 끝나. 모든 게 변해 버렸고, 그리고 전부를 잃었어. 네가 떠남으로써 전부를 잃어버린 거야 나는… 그렇지만 널 원망하지 않아. 아니, 원망했지만 지금은 아니야. 너도 슬펐을 테니까. 마음 아팠을 테니까….

어느 날 갑자기, 가장 좋지 않은 일로 여자 친구를 잃었던 것이니까… 친구와 잠자리를 가진 여자 친구라. 정말 최악이지 않니? 그래, 그건 차라리 내가 죽는 것보다 더 나쁜 방법으로 나를 잃게 된 거야. 안 그러니?

그 날…. 친구들에게 이야기를 듣고 은영을 만났던 그 날이 눈앞에 선명하게 펼쳐진다. 마치 내가 제삼자가 되어 우리를 지켜보고 있는 것처럼 말이다.

후문에 앉아 있던 나를 봤을 때 그 애는 웃고 있었다. 더 야윈 얼굴로, 헐렁한 티셔츠에 쇄골이 두드러지게 드러난 모습으로 웃고 있었는데 이내 표정이 일그러졌다.

그때 예감했으리라. 나 역시 말을 꺼낼 수 없었고, 그 애는 커피잔만 보며 앉아 있었다. 얼마나 침묵이 흘렀을까.

나의 첫 마디는 **'사실이야?'**였다.

뼈저리게 후회된다는 말을 이럴 때 쓰는 것이구나.

그 애의 이야기를 들어보려고 한 것이 아니라 그저 사실 여부를 판단하려 했었다. 아니, 이미 내가 알고 있는 것이 진실이라고 굳게 믿은 후에 그녀에게 확인 절차를 한 셈이다.

그 애는 고개를 끄덕였다. 내 말의 의미는, 둘이 잤느냐는 것이었고-사실 그 전부터 둘이 어떻게 지냈는지는 중요하지 않았다-그 애는 그 물음에 대한 답이었으니 끄덕였던 것인데…. 너무나 쉽게 인정하는 그 애에게 또 화가 났고, 난 더러운 오물을 보듯 그 애를 보았다. 그 애도 내가 자신을 어떻게 바라보고 있는지 온몸으로 느꼈을 것이다. 커피잔만 잡은 채 아무 말이 없었다. 그 손톱…. 늘 매끄럽고 하얀 손이었는데, 매니큐어는 바르지 않지만 깨끗한 손톱이었는데 어디서 다쳤는지 새카매진 네 번째 손톱을 보니 더 화가 났다.

그리고 그 애는 입술을 달싹거렸다. 무슨 말을 하려고 하는 것 같았지만, 다시 입술을 꼭 다물었다. 그때 나는, 저 입술로 나에게도, 그놈에게도 키스했겠지, 생각하고 있었다. 그 자리에 있으면 마치 전염병이 옮기라도 하는 듯 난 재빨리 자리에서 일어났다. 그리고 뒤도 돌아보지 않고 그 애를 떠났다.

나는 세상에서 가장 슬프고 마음 아픈 남자가 되어 시간을 보냈고 온갖 사람들의 위로를 받았다.

난 내가 언제부터 죽고 싶었는지 잘 기억이 안 나. 아니, 죽고 싶었던 게 아니라 이 세상에서 없어지고 싶었어. 이렇게 무서운 곳에서 도망치고 싶었고, 더 이상 내 이름이 오르내리지 않는 곳으로 가고 싶었어.

결코, 죽고 싶었던 게 아니야. 그냥, 원래 내가 이 세상에 없었던 것처럼, 나에 관한 이야기는 아무도 하지 않았던 것처럼 그렇게.

이해할 수 있니? 내가 죽어서 결백함을 밝히겠다거나 나를 이렇게까지 오도록 한 사람들 앞에 원한 가득 맺힌 귀신으로 나타나 복수하거나 '너희들 때문에 죽었다.'라는 죄책감을 심어주겠다는 생각은 없었어.

그저 이 세상에서. 사라지고 싶었을 뿐이야.

그게 다야… 멀리 도망가서 살까 생각도 해 봤어.

그렇지만 그러기에는 이미 내가 너무나 많이 지쳐있었어. 윤아.

유진아.

다른 누구와도 이제는 만나고 싶지 않았고, 관계를 맺으며 살아가는 게 더 이상 불가능하다고 판단했어… 그래서 죽기로 결심했어. 죽고 사는 건 쉬운 문제가 아닌데 참 쉽게 그 결정을 내렸어. 그렇게 생각을 하고 나니까 마음이 좀 편해지더라. 우습게도, 이제는 세상에 없어질 생각을 하니 멀리 떨어져서 나를 돌아볼 수 있게 되었고 주변도 볼 수 있었어. 사람을 보는 눈도 생겼어.

그리고 모든 게 하찮게 느껴졌어. 심지어는 상원이가 나에게 한 짓조차 아무것도 아닌 사소한 일처럼 생각이 되더라. 죽기로 결심하니까 말이야.

갑자기 구토가 일어 화장실로 뛰어갔다. 변기를 붙들고 몇 번 토하려고 시도했지만 나오는 건 허연 위액뿐이었다. 내가 뱉어 놓은 위액을 보니 왜 나 같은 놈이 살아있는지 나 자신이 징글징글해졌다. 눈물이 났다. 왜 이렇게 눈물이 흔해졌는지….

내 여자 친구…. 꽃같이 예뻤던 유진이…. 그 애는 스스로 옥상에서 뛰어내렸지만 결국은 그녀가 그렇게 하도록 떠민 것이다. 너 같은 애는 이 세상에 발붙이고 살아있지 말라고, 계속 괴로운 일들만 일어날 테니 일찌감치 죽는 게 현명하다고 악마가 속삭인 것이다.

그 애가 떠밀릴 때도 손을 내밀어 잡아주었더라면, 그 애의 귓가에 대고 죽어 버리라고 속삭일 때도 내가 더 큰 소리로 살아야 한다고 말해주었더라면….

모든 게 내 잘못이다. 그 애는 내가 떠난 것에 전부를 잃은 것 같다고 했었다. 다른 누구는 상관없었다. 견딜 수 있을 만큼의 시련이었지만 내가 그 애를 믿지 못하고 더러운 것을 보든 싸늘한 눈빛으로 바라보고, 그 애가 전염병 환자인 듯 피한 것은 결코 견딜 수 있는 무게가 아니었다. 그 애는 늘 내 이야기를 들어 주었는데, 내가 잘못한 일이더라도 내 편에 서서 나를 감싸주고 이해해 주었는데 왜 나는 그러지 못했을까?

그래, 한 가지 억울한 건 있어. 나를 비난했던 그 사람들, 그토록 너를 위하는 마음으로 나에 대해 떠들어 댔던 그 사람들이 그동안 너에게 해준 건 뭐야? 네가 군대 있을 때 가장 많이 면회를 간 사람도 나고, 가장 많이 편지를 보낸 사람도 나야. 휴가 나오면 다들 바쁘다고 다음에는 꼭 보자고 했지만 난 너를 위해 늘 시간을 비워뒀고 내 스케줄을 바꾸었어. 네 생일을 잊지 않고 챙긴 사람은 누구야? 네가 좋아하는 게 뭔지, 어떤 것을 싫어하는지 다 알고 있는 사람은? 네가 아프면 걱정하고 수업에 늦을까 봐 챙겨 준 사람은 누구야? 네 이야기를 들어주고 언제나 네 곁에서 널 안아준 사람이 누군지 기억하니? 너와 가장 많은 시간을 보내고, 많은 것을 함께 한 사람이 그들이었니? 너는 한 번도 생각해보지 않았겠지. 아니 이건 생각해 볼 필요도 없는 문제인데….

너는 그들을 믿었어. 너와 많은 시간을 보내지도 않고, 공유한 것도, 추억할 것도 별로 없었던 사람들의 말을 철석같이 믿었어. 그것이 진리인 양 말이야. 이렇게 펼쳐놓고 말하기 유치하지만 억울하고 속상한 것도 사실이야. 평소에는 연락도 잘

하지 않다가 서로 자기 할 일들이 바빠 만나지도 않던 사람들이 갑자기 너에게 들러붙어 내 이야기를 한 생각을 하니 정말 소름 끼쳐. 피를 빨아 먹기 위해 달려드는 벼룩 같은 인간들이야. 벼룩도 귀여운 표현 같네. 그래, 사실 이 편지들을 그들 모두에게도 보낼까 생각해봤어. 날 생각하면서 죄책감에 괴로워하고 밤에 귀신으로 나타나지는 않을까 두려움에 떨라고 말이야. 그러면 재미있었겠지?

그렇지만 난 그렇게 하지 않았어. 누군가 나 때문에 그런 괴로운 마음으로 살기를 바라지 않아. 나는 비록 그들 때문에 괴로웠지만, 난 똑같이 그렇게 하고 싶지 않아.

너는 내가 우선이었어. 그래, 지금까지 쭉 그랬구나. 가장 가까이에서 나와 함께 했어. 내 가장 친한 친구로, 그리고 연인으로 우리는 서로의 곁에 있었어. 아니, 너는 내 곁에 있었어. 너는 그런 사람이었어.

그런데 나는 그런 모든 걸 잊어버리고, 아니 처음부터 그런 적이 없었던 것처럼 나는 너를 모질게 내쳤어. 나는 겨우 이 정도야.

너에게 참 많은 사랑을 받았지만 내가 돌려준 것이라고는 네가 감당하기에 버거운 아픔뿐이었어. 그래, 이건 내가 견뎌야 해.

네가 이렇게 된 데 가장 괴로워해야 할 사람은 나야. 당연해.

그렇지만 너는 예외야. 내 편지를 보며 괴로워하거나 죄책감이 들란 소리가 아니야. 그런 걸 견뎌내고 진실을 보길 바라. 진실을 꿰뚫어 보고 나란 사람에 대해 다시 알아주기를 바라고 있어.

나라는 사람에 대해, 너를 온전히 사랑했던 사람에 대해 알아주기를 바라고 있다고….

네가 괴로워하는 걸 원하지 않아… 이 편지들을 보며 힘들어할 네가 그려지지만 난 그 너머에 있는 진실을 보길 바랐던 거야. 사실 나는… 이 모든 이야기를 털어놓기가 힘들어. 내가 좋아하는 남자에게 온갖 수치스러운 이야기를 다 해야 하니까… 차라리 너를 사귀지 않았으면 하는 생각이 들어. 처음부터 너를 만나지 않았더라면….

미안해….

고개를 들어보니 그 애가 내 앞에서 책을 읽고 있다. 심각한 표정으로 읽다가 내가 온 걸 알고 책을 덮더니 미소 짓는다.

네가 웃으면 나는 세상에서 부러울 게 없었어.

가끔 내 가방에 쪽지와 초콜릿을 넣어 놓았는데 집에 가서 그걸 보면서 난 난생처음으로 사탕이나 초콜릿이 아닌 사람에게서도 달콤함을 느낄 수 있다는 걸 깨달았어. 입안이 달달해지고 내 주위의 공기가 평소와는 다르게 흘러갔는데. 너로 인해서 나는 참 많이 행복했는데, 어째서 나는 그런 모든 걸 잊을 수 있었을까.

마치 누가 나에게 너에 관한 기억을 잃게 하는 주사를 놓은 것처럼 나는 다 잊어버렸었어.

난 그 어떤 사람에게도 죄책감을 심어주고 싶지 않았어. 내가 자살을 했다는 자체만으로 내 주위의 사람들은 혹시나 자기가 내 자살에 대해 조금이라도 책임질만한 짓을 하지 않았는지 생각하게 될 테고 아주 사소한 일까지 끄집어내어 괴로워할 게 뻔하니까. 난 그렇게 하고 싶지 않았어… 원한 맺힌 사람처럼, 오죽하면 죽었겠냐는 말을 듣고 싶지 않았어. 그래서 나를 둘러싼 사람들을 관객으로 만들어 이런 연극을 꾸민 거야. 부디 끝까지 이 연극이 성공하기 바랄 뿐이야. 어느 한 사람 의문을 가지지 않은 채 살아주길 바랄 뿐이야. 낮에는 너에게 줄 편지들을 쓰고, 밤에는 그것들을 꼭꼭 숨겨 놓았어. 그리고 이제 아침이 되면 깨끗한 옷들을 꺼내 세탁기에 넣고 돌릴 거야. 노트북을 켜고 내가 평소에 듣던 음악들을 틀어놓을 거야….

지금 놀라고 있지? 평소에는 치밀하지도, 남을 속이지도 못하는 내가 이런 엄청난 속임수를 쓰다니. 그런데 너무 놀라지 마. 사람이 마음을 먹으면 못할 일이란 게 없더라. 죽을 생각을 했는데 이런 사소한 속임수 쓰는 게 대수였겠니.

내 죽음은 갑작스러운 것이 아니었어. 너무나 오래전부터 나는 죽어가고 있었어. 윤아… 난 나를 포기한 거야. 나를 포기할 만큼 세상이 두렵고 사람이 무서웠어. 세상을 바꿀 수 없기에, 사람들을 변화시킬 수 없기에 나 혼자 다른 세상으로 가는 거야.

나는 참 어리석어. 이런 나를 사랑한 게 너의 유일한 잘못이야. 언젠가 생각한 게 있었어. 태경이가 말했던 것처럼, 세상이 너 같은 사람들로 가득 찬다면 참 좋을 것 같다고 말이야.

사람을 좋아하고 믿는 너를 바보 같다고 구박했지만, 그런 너를 존경했어.

흐르는 눈물을 참을 수 없었다. 이제야 마음속으로 그 애의 죽음을 인정하고 있는 것일까? 그 애의 마지막 몇 년이 이토록 힘들고 괴롭게 흘러간 것에 대해 쓰라린 후회가 남는다. 그 후회는 곧 회복될 수 없는 상처로 내 마음에 남아있을 것이다. 가슴에 난 이 생채기가 죽을 때까지 없어지지 않기를 나는 바란다.

평생 기억하면서 아파했으면 좋겠다.

적어도 내가, 아파할 자격은 있다고 말해줘.

너를 만나지 않았더라면 하는 말은 취소할래. 왜냐하면, 난 널 만나 행복했으니까. 너를 마음에 담고 싶었어. 적어도, 아직 나는 너를 생각하고 있다는 건 알려주고 싶었어. 그건 너에 대한 원망이 아닌 바로 사랑이야.

그래….

고마워….

내가 더 고마워….

그리고 미안해….

정말 미안해….

11

벚꽃은 흩날리지만

마지막 사진이 봉투에서 떨어졌다. 그 애였다.

벚꽃이 흩날리는 나무 아래에서 그 애가 웃고 있었다.

눈을 감으니 그 애의 목소리가 들린다.

"여기?"

"아니 조금 더 옆으로. 아니 앞으로… 그래 거기."

"사람이 너무 많은데…."

그 애가 주위를 두리번거린다.

"왜 안 찍어?"

"기다려 봐…. 곧 바람이 불 것 같아."

이때다. 바람이 한 줄기 불어왔고, 벚꽃이 그 애의 주변으로 떨어지기 시작했다. 갑자기 불어온 바람에, 떨어지는 꽃잎이 황홀하다는 듯 그 애가 하늘을 쳐다본다. 그리고는 나를 보며 웃는다. 내 눈에 그 애만 보인다.

눈을 뜨니 세상에 그 애만 없었다. 다른 모든 건 그대로인데 그 애만 없어졌다.